Rudolf Kneisel

Papageno

Posse in vier Akten

Rudolf Kneisel

Papageno
Posse in vier Akten

ISBN/EAN: 9783743436862

Hergestellt in Europa, USA, Kanada, Australien, Japan

Cover: Foto ©Andreas Hilbeck / pixelio.de

Manufactured and distributed by brebook publishing software
(www.brebook.com)

Rudolf Kneisel

Papageno

Papageno.

Posse in 4 Akten

von

Rudolf Kneisel.

Verlag
von
Kühling & Güttner,
Theater-Buchhandlung,
Berlin W.,
Markgrafen-Straße Nr. 53.

Personen.

Bollwitz, Rentier.

Caroline, seine Frau.

Wanda
Meta } beider Töchter.

Arthur Schütze, Baumeister, Wanda's Gatte.

Moritz Pendel, Chemiker.

Dr. Pfeiffer, Arzt.

Bertha
Minna } Dienstmädchen.

Tinecke, Friseur.

August, Wurzel, Soldat.

Erster
Zweiter } Schutzmann.

Ein Hausdiener.

Ort der Handlung: Berlin.

Zeit: Die Gegenwart.

Die geehrten Darsteller werden gebeten, diese Posse vor jeder Uebertreibung, aller Karikatur und namentlich vor verbrauchten Extempores zu bewahren. — August muß als einfacher Naturbursche, nicht als Dümmling aufgefaßt werden. Rechts und links ist vom Publikum aus angenommen.

Erster Akt.

(Zimmer bei Vollwitz. Mittelthür. Links Seitenthür. Rechts Seitenthür und Fenster. An der Hinterwand neben der Mittelthür ein Kleiderschrank.)

1. Auftritt.

Caroline. Wanda. Meta.

Wanda (in Straßentoilette, mit Hut u. s. w). Es bleibt also dabei, liebe Mama; Du und Meta, Ihr verlebt den heutigen und morgigen Tag bei uns. Mein Mann bleibt auch zu Hause, und da wollen wir recht vergnügt sein.

Caroline. Ja, liebes Kind; freilich mit dem traurigen Bewußtsein, daß Dein Vater von unserem Besuche bei Euch nichts merken darf.

Wanda. Ihr wollt ihm also nichts davon sagen?

Caroline. Nein. Er würde uns den Besuch verbieten. Du weißt, daß Du so oft zu uns kommen darfst, als Du willst; aber von Deinem Manne will er immer noch nichts wissen.

Meta. Papa glaubt, wir fahren auf zwei Tage zur Tante nach Brandenburg — und es trifft sich ganz gut; denn auch Papa verreist heute auf zwei Tage nach Stettin.

Wanda. Soll ich ihm nicht wenigstens guten Morgen sagen?

Caroline. Unterlaß es lieber; er könnte Verdacht wegen unserer Reise schöpfen. Auch ist er, seit Herr Pendel um Meta's Hand angehalten hat, vollends ungenießbar geworden. Unser Mädchen, die Bertha, die gestern einen Brief Pendel's an Meta besorgt hatte, hat er sofort des Dienstes entlassen. Gestern Abend haben wir ihn gar nicht zu Gesicht bekommen, und seinen Kaffee hat er heut Morgen auf seinem Zimmer getrunken.

Wanda. Dann will ich nur schnell gehen. Wir erwarten Euch also ganz bestimmt. Verliere den Muth nicht, Meta, Du bekommst Deinen Moritz doch noch.

1*

Meta. Gewiß. Ich stehe so treu zu ihm, wie Du zu Deinem Arthur. Adieu, Wanda!

Caroline. Leb' wohl, mein Kind!

Wanda. Auf Wiedersehen heut' Mittag! (Geht ab durch die Mittelthür.)

Caroline. Ist das ein Leben! Sein eigenes Kind darf man nicht öffentlich besuchen, will man nicht Verdruß haben.

Meta. Aber warum sprichst Du nicht einmal ein ernstes Wort mit dem Vater? Es ist bald nicht mehr mit ihm auszuhalten.

Caroline. Sprich nicht so. Er hat auch seine guten Seiten; er ist ein ehrenhafter und sittlich reiner Charakter. Freilich, wenn er's mit seiner Misanthropie so fort treibt, wie in letzter Zeit, dann könnte mir endlich die Geduld reißen.

Meta. Ach, wenn sie doch endlich risse; sonst bekomme ich am Ende meinen Moritz doch nicht.

Caroline. Still, da kommt der Vater!

2. Auftritt.

Caroline. Bollwitz (in buntem Schlafrock, Hausmütze, lange Pfeife rauchend, von rechts). Meta.

Caroline. } Guten Morgen, Bollwitz!
Meta. } Guten Morgen, Papa!

Bollwitz (Wolken blasend, mürrisch). Dito! Ihr seid ja schon angekleidet. Soll die verrückte Reise wirklich stattfinden?

Caroline. Natürlich; wir haben's ja der Tante zu heute ver= sprochen, und Du warst gestern damit einverstanden.

Bollwitz. Gestern, ja. Aber diese Nacht habe ich einen fürchter= lichen Traum gehabt, der sicher ein Unglück für unsere Familie zu bedeuten hat.

Meta. Was für einen Traum, Papa?

Bollwitz. Mir träumte, ich sähe unser Mädchen, die Bertha, in das Waschhaus gehen und hinter ihr her ihr Soldat. — Ganz leise schlich ich ihnen nach.

Caroline. Das hast Du ja schon öfter gethan.

Bollwitz. Laß Deine Unterbrechungen. Ich versteckte mich also — im Traume nämlich — auf der Waschrolle, zog ein großes Bettlaken über mich, und wollte das saubere Pärchen belauschen. Auf einmal fängt das maliziöse Frauenzimmer, die Bertha, an, das Bett= laken zu rollen und mich mit. Ich rufe, ich schreie — umsonst! Mit teuflischem Lachen setzt sie die Drehrolle in Bewegung. Meine Glieder krachen, ich werde immer länger und platter, und erst, als ich unter ihrem satanischen Lachen ganz platt gerollt war, wachte ich auf. Es war ein höchst schaudervoller Traum.

Meta (lacht). Hahaha, das ist aber komisch.

Bollwitz (indignirt zu Caroline). Nun sieh 'mal die Pute — sie lacht, wenn ihr leiblicher Vater platt gerollt wird.

Caroline. Aber, Alterchen — Träume sind Schäume.

Bollwitz. Ich sage Euch, der Traum kann ein Eisenbahn= Unglück für Euch bedeuten.

Meta. Aber, Papa, dann könnte es doch nur Dich betreffen, da nur Du im Traume gerollt wurdest.

Bollwitz. Und danach fragt Ihr also nichts, wenn ich auf der Eisenbahn umkomme?

Caroline. Nun, dann bleibe doch zu Hause und reise nicht.

Bollwitz. Natürlich, Ihr allein wollt Vergnügungs = Reisen machen. — Aber ich muß reisen.

Caroline. Wir auch. Wir haben's der Tante in Branden= burg versprochen.

Bollwitz. Nun gut, so reist! Aber mir macht keine Vorwürfe, wenn sie Eure Leichen angeschleppt bringen.

Caroline. Der ganze dumme Traum kommt daher, daß Du Dich gestern über die Bertha so geärgert hast.

Bollwitz. Und hatte ich keinen Grund? Diese freche Person vermittelt Briefe zwischen Meta und diesem Pendel?

Meta. Moritz Pendel liebt mich — wir wollen uns heirathen.

Bollwitz. Niemals! Willst Du's auch machen wie Deine Schwester und einen hergelaufenen Schlucker nehmen?

Caroline. Erlaube, Dein Schwiegersohn ist ein geachteter Mann.

Meta. Und Moritz hat auch sein gutes Auskommen.

Bollwitz. Wer heutzutage nichts weiter hat als ein gutes Auskommen, der kommt nicht mehr aus. Ich will nichts mehr hören.

Caroline. Du bist ein Tyrann! Das ist unerhört, wie Du mit Deiner Familie umspringst. (Weint.)

Meta. Wenn ich meinen Moritz nicht kriege, springe ich in's Wasser! (Weint.)

Bollwitz. Wenn Ihr mich noch lange ärgert, springe ich durch's Fenster! (Er läuft wüthend umher, Caroline und Meta schluchzen.)

3. Auftritt.

Vorige. Doktor Pfeiffer.

Pfeiffer (schnell eintretend). Ei, ei, ich springe da wohl in einen kleinen Familienzwist? Guten Morgen!

Bollwitz. Der hat noch gefehlt.

Pfeiffer (humoristisch zu Caroline). Der hat wohl wieder seinen Rappel?

Caroline. Ach, Herr Doktor, Sie wissen ja, wie es so im Leben geht. Aber, verzeihen Sie, meine Tochter und ich wollen eine kleine Reise machen, und müssen uns vorbereiten. Komm, Meta! (Geht mit Meta, die den Doktor grüßt, links ab.)

Pfeiffer. Was giebt's denn? Du schneidest ja fürchterliche Gesichter. Hahaha!

Bollwitz. Lache nicht. Fühle lieber meinen Puls, Doktor, ob mich der Schlag trifft.

Pfeiffer. Du bist ein Narr, Freund Bollwitz. Du hast eine prächtige Frau, liebenswürdige Töchter, bist reich — und doch verbitterst Du Dir das Leben; Du tyrannisirst Deine Familie und Deine Dienstboten; mit Deinem Schwiegersohn Schütze lebst Du auf feindlichem Fuße; dem guten Pendel, der Deine Meta liebt, hast Du die Thür gewiesen

Bollwitz. Bist Du nun bald fertig? Ich will, daß meine Töchter nach meinem Willen heirathen; aber in die höheren Stände hinein, und keinen Baumeister wie Schütze oder Chemiker wie Pendel.

Pfeiffer. Es sollen wohl ein Paar Prinzen kommen?

Bollwitz. Wer weiß, wie weit ich's noch bringe. Meine Freunde Schmidt und Windmüller sagten neulich, ich solle zum Stadtverordneten vorgeschlagen werden; ich kann Stadtrath werden, Bürgermeister, Oberbürgermeister. Man achtet meinen Charakter, meine Moral.

Pfeiffer (lächelnd). Deine Moral?

Bollwitz. Zweifelst Du etwa an meiner Moral?

Pfeiffer. Durchaus nicht. — Aber Du sprachst da eben von unseren alten Freunden Schmidt und Windmüller. Mit denen hast Du ja neulich — es sind etwa vier Wochen her — höllisch herumgekneipt.

Bollwitz (sieht ihn groß an). Das weißt Du?

Pfeiffer. Zuletzt wart Ihr noch bei Kroll. — Sage 'mal, wer war denn die hübsche pikante Dame, für welche Du da das Souper bezahlt hast?

Bollwitz (für sich). Alle Wetter!

Pfeiffer. Daß sie sich Laura nannte, habe ich herausbekommen; aber sonst nichts weiter.

Bollwitz (verlegen). Doktor — Du wirst doch nicht von mir glauben —

Pfeiffer. Was soll ich denn glauben? Als künftiger Stadtvater mußt Du doch Studien über die sozialen Zustände machen.

Bollwitz. So ist es.

Pfeiffer. Aber warum nanntest Du Dich denn Arthur?

Bollwitz. Daran war Windmüller schuld; der sagte, Laura und Arthur wären ein paar so schöne Namen.

Pfeiffer. Und mehr noch — Du nanntest Dich Arthur Schütze, wie Dein Schwiegersohn. Das war eigentlich unrecht.

Bollwitz. Ja, siehst Du — das kam ganz zufällig — weil mir der Name des unangenehmen Menschen immer im Kopfe herum= geht. Als ich erst Arthur gesagt hatte, da schoß mir der Schütze über die Lippen.

Pfeiffer. Natürlich. Du — hast Du denn Fräulein Laura wiedergesehen?

Bollwitz. Unsinn! Was denkst Du denn? Wir waren nur etwas angeheitert — die junge Dame schien sehr anständiger Herkunft, drückte sich sehr gebildet aus.

Pfeiffer. So. Aber ich muß gehen. — Heut Nachmittag habe ich ein Geschäft mit Deinem Schwiegersohn Arthur Schütze vor — soll ich ihm 'was bestellen?

Bollwitz. Hör' 'mal, Du wirst ihm doch nichts von der dummen Geschichte erzählen?

Pfeiffer. Bin ich etwa eine Klatsche? Ich dachte nur, Du wolltest Dich vielleicht mit ihm versöhnen.

Bollwitz. Niemals!

Pfeiffer. Du bist ein Starrkopf. Aber auch Deine Stunde wird schlagen. Die Todten reiten schnell! Adieu! (Mitte ab.)

Bollwitz (sieht ihm verblüfft nach). Die Todten reiten schnell? Das ist wohl eine medizinische Redensart? Alter Unglücksrabe! Was geht ihn die Laura an? Warum soll ein anständiger Mann nicht eine hübsche junge Dame zum Souper einladen? Wir waren ja in Gesellschaft. (Denkt nach, schmunzelnd.) Sie war wirklich sehr hübsch — so schwärmerisch — und dabei lachte sie wieder so niedlich. (Sieht nach der Uhr.) Aber wenn ich noch nach Stettin will, muß ich mich ankleiden. (Will gehen, sinnt nach.) Wie schauerlich: Die Todten reiten schnell! Und wenn ich dabei an meinen Traum denke, wo mich die maliziöse Bertha gerollt hat! — Brrr! (Rechts ab.)

4. Auftritt.

Bertha. (Bald darauf) Moritz.

Bertha (im einfachen Hauskleide, kurze Aermel, Schürze. Sie kommt durch die Mitte). Na, wo ist denn der alte Brummbär? Er war doch eben hier?

Moritz (wird an der Mittelthür sichtbar). Bertha! Sind Sie allein?

Bertha. Sie sind's, Herr Pendel? Vorsicht!

Moritz (leise näher tretend). Bertha, Sie sind meine gute Fee. Sagen Sie mir —

Bertha. Ach, es hat sich ausgefee't. Herr Bollwitz hat mich wegen Ihres Briefes an Fräulein Meta des Dienstes entlassen.

Moritz. O weh! Arme Bertha, um meinetwillen!

Bertha. Es macht nichts. Ich hätte es mit dem Alten so nicht länger ausgehalten. Und zu guterletzt will ich Ihnen noch was Angenehmes mittheilen. Die Madame und Fräulein Meta verreisen nachher, angeblich zu einer Tante nach Brandenburg; in Wahrheit aber fahren sie auf zwei Tage zu Schütze's nach Charlottenburg.

Moritz. Herrlich! Arthur Schütze ist mein Freund; dort kann ich meine Meta sprechen. (Giebt Bertha Geld.) Tausend Dank, meine gute Fee!

Bertha. Ich werde nach Kräften auch ferner Ihre Fee sein. Aber gehen Sie jetzt, Herr Pendel.

Moritz. Adieu, Bertha! (Will gehen.)

5. Auftritt.

Vorige. Bollwitz (im Oberrock).

Bollwitz. Herr, sind Sie schon wieder hier?

Moritz. Ich wollte zu Ihnen, Herr Bollwitz.

Bollwitz. Zu mir? Ich denke, ich habe mich genügend gegen Sie ausgesprochen.

Moritz. Und dennoch wollte ich noch einen Versuch machen —

Bollwitz. Geben Sie sich keine Mühe. Ueberdies habe ich keine Zeit — ich muß verreisen.

Moritz. Gut, so will ich nicht stören. Aber das sage ich Ihnen nochmals, Herr Bollwitz, Meta und mich, uns werden Sie niemals von einander reißen. Adieu! (Mitte ab.)

Bollwitz. So ein frecher Mensch! Und Du steckst wohl auch wieder dahinter? Er hat Dir wohl wieder ein Briefchen zur Be= stellung übergeben?

Bertha (hält die leeren Hände hin). Sehen Sie was?

Bollwitz. Was guckt Dir denn da aus der Tasche?

Bertha. Mein Dienstbuch.

Bollwitz. Gieb her. (Empfängt das Buch.) Warum bist Du denn überhaupt noch nicht fort?

Bertha. Madame hat befohlen, ich solle hier bleiben, bis das neue Mädchen da ist.

Bollwitz. So. (Blättert im Buch.) Also da soll ich Dir Dein Zeugniß reinschreiben?

Bertha. Ja, wenn ich bitten darf. Und nicht wahr, Herr

Bollwitz, Sie werden eingedenk sein, daß ich Ihnen drei Jahre treu und redlich gedient habe.

Bollwitz (hat das Buch offen auf den Tisch gelegt, nimmt eine Feder in die Hand, macht nachdenklich einen Gang durch's Zimmer, bleibt vor Bertha stehen. Inquirirend). Du wirst eingestehen, daß Du einen Soldaten zum Liebhaber hast.

Bertha. Freilich. Er heißt August Wurzel.

Bollwitz. Du wirst eingestehen, daß Du jedes Jahr einen anderen Soldaten gehabt hast.

Bertha. Es war eben jedes Jahr einem seine Dienstzeit um. Wenn der Reichstag nicht so knauserig wäre, könnte die Dienstzeit länger dauern.

Bollwitz. Du wirst ferner eingestehen, daß Du meiner Tochter gestern heimlich einen Brief zugesteckt hast, und zwar mit vieler Verschmitztheit.

Bertha. Nun ja; dumm fange ich so was nicht an.

Bollwitz. Gut. (Geht zum Tisch und schreibt einige Worte in das Buch hinein.)

Bertha (für sich). Wie sich der alte Brummbriesel anstellt.

Bollwitz. Hier. (Giebt ihr das Buch.)

Bertha (wirft einen Blick in das Buch — außer sich). Ach, das ist zu stark! Da bekomme ich in meinem Leben keinen Dienst wieder.

Bollwitz. Dein Urtheil ist gerecht.

Bertha. Nein, das ist ungerecht. (Liest.) „Frivol und verschmitzt." Wie können Sie mir nachsagen, daß ich frivol und verschmitzt bin? Eine solche Behauptung ist hinterlistig, ist eine Verleumbung —

Bollwitz. Soll ich einen Schutzmann holen lassen?

Bertha. Das müssen Sie zurücknehmen. Sie sind nicht berechtigt, mich frivol und verschmitzt zu nennen. Ich werde Sie verklagen, ich werde —

Bollwitz (stark). Still! (Auf die Thür zeigend, drohend.) Der Schutzmann?!

Bertha (faßt sich, sieht Bollwitz drohend an, erhebt die Hand gen Himmel.) Nun denn — Rache! (Schnell ab.)

Bollwitz (allein, verblüfft.) Rache? — Gans! — Was das Frauenzimmer für schreckliche Augen machen kann — gerade wie in meinem Traum. Brrr!

6. Auftritt.

Caroline. Meta (zum Ausgehen angekleidet von links). Bollwitz.

Caroline. So, wir sind fertig. Aber, lieber Bollwitz, willst Du Dich nicht auch zur Reise rüsten?

Bollwitz. Gleich. (Zu Meta.) Hole mir Hut und Schirm aus meinem Zimmer.

(Meta rechts ab.)

Bollwitz. Aber, was soll denn nun werden? Wir verreisen alle, und es ist kein Mädchen in der Wohnung?

Caroline. O doch; das neue Mädchen, welches ich gestern Abend gemiethet habe, wird sogleich kommen.

Bollwitz. Was? Du hast ein Mädchen gemiethet ohne mein Wissen?

Caroline. Ja; denn erstens ist das Frauensache, und zweitens machtest Du Deine Thür nicht auf, als ich Dich gestern Abend be= fragen wollte.

Bollwitz. Was ist das für ein Mädchen?

Caroline. Sie scheint sehr gut und anständig, heißt Minna Werner, und die Steuerräthin Müller, die gestern Abend gerade bei mir war, kennt sie und hat sie mir dringend empfohlen.

Bollwitz. Und dieser wildfremden Person willst Du unsere Wohnung anvertrauen?

Caroline. Sie ist nicht wildfremd. Und dann kann ja die Bertha ab und zu nachsehen.

Bollwitz. Was? die Bertha? Daß mir dieses rachsüchtige Frauen= zimmer eine Dynamit=Patrone in's Bett legt?

Caroline. Nun gut, dann soll sie wegbleiben.

Bollwitz (ringt die Hände). So eine Frau! Dieser Leichtsinn! Dieses Phlegma! — Und wenn dieses neue Mädchen, diese Minna, auch ein Prachtexemplar wäre — ich schwöre Dir (schreit), heute Mittag sitzt sie mit ihrem Liebhaber an diesem Tisch; sie essen zusammen, trinken unseren Wein, und der Kerl raucht meine Cigarren!

Caroline. Nun hab' ich aber genug. Wenn Du so mißtrauisch bist, dann bleib zu Hause. (Sie geht ärgerlich nach hinten.)

Bollwitz (im Vordergrund, für sich). Zu Hause soll ich bleiben? Ha, eine Idee! Meine Reise kann ich um einen Tag verschieben. — Wartet!

Meta (kommt mit Hut und Schirm zurück). Hier, Papa; aber Deine Reisedecke konnte ich nicht finden.

Bollwitz. Laß nur, ich hole sie mir selber. Caroline, ich gehe durch mein Zimmer, die andere Thür hinaus und die Hintertreppe hinunter. Diese Thür (nach rechts zeigend) verschließe ich von innen, damit mir wenigstens kein fremder Mensch in mein Zimmer kommt.

Caroline. Wie Du willst, Alterchen. Und wenn Du wieder= kommst, sei nicht mehr so mürrisch.

Bollwitz. Und wenn Du wiederkommst, hoffe ich Dich von Deiner Vertrauensseligkeit glänzend zu kuriren. (Hat Hut und Schirm genommen.) Haha, na adieu, Kinder! Grüßt die Tante!

Caroline. } Leb' wohl, Alterchen!
Meta. } Abieu, lieber Papa!
Bollwitz. Die will ich einmal belehren. (Rechts ab.)
Caroline und Meta (ihn zur Thür begleitend). Abieu, Abieu!
(Man hört das Verschließen der Thüre rechts.)
Caroline. Endlich sind wir frei, und es ist Zeit, daß wir auch fortkommen.

7. Auftritt

Vorige (ohne Bollwitz). Bertha. Minna (durch die Mitte).

Bertha. Die Droschke wird gleich kommen; und da ist auch das neue Mädchen, die Minna.
Caroline. Ah, gut, Minna, daß Sie da sind. Die Hauptsachen habe ich Ihnen gestern Abend schon gesagt, und Bertha wird Sie von allem Weiteren noch unterrichten. Alsdann — (spricht leise mit Minna weiter).
Bertha (leise zu Meta). Fräulein, Herr Pendel war vorhin hier.
Meta. Wie?
Bertha. Ich hab' ihm gesagt, wo er Sie heute findet.
Meta. Du bist ein prächtiges Mädchen. (Sieht durch's Fenster.) Mama, die Droschke.
Caroline. Dann vorwärts! Bertha, wenn ich wiederkomme, wollen wir Alles gut machen. Behütet mir nur die Wohnung. — Nein, bleibt hier, geht nicht mit hinunter. Die Taschen sind doch unten?
Bertha. Der Hausdiener hat sie schon.
Caroline. Dann komm, Meta. Abieu! (Ab durch die Mitte, von Meta gefolgt.)
Minna und Bertha (nachrufend). Abieu, Madame! Abieu, Fräulein!
Bertha (läuft zum Fenster). Wart' einmal. Da sind sie schon unten. Die Taschen sind schon drinn. Nun geht's fort. Gott sei Dank! (Wirft sich auf's Sopha.)
Minna (ist, nachdem sie sich im Zimmer umgesehen hat, an den Tisch links getreten und betrachtet ein Bouquet). Welch' schöne Blumen, um diese Jahreszeit! (Bricht eine davon und steckt sie vor dem Spiegel in's Haar.)
Bertha (sehr gesprächig). Nein, die Freude, liebe Minna, in Dir eine alte Freundin wiederzufinden! Im Allgemeinen wird es Dir hier im Hause gefallen. Mit der Madame ist sehr gut auskommen — sie ist sanft und so hübsch nehlig. Das Fräulein ist sehr nett; sie hat eine Liebe, Herrn Moritz Pendel — der Alte will davon nichts wissen, aber es wird ihm nichts helfen: ich empfehle Dir das unglückliche Liebespaar; ich war auch seine gute Fee. — Aber nun kommt das Schreck=

liche, das ist der Herr! Ein alter, bösartiger Nußknacker. Mit dem ist kein Auskommen. Das ganze Haus cujonirt er. Der Liebe ist er unzugänglich. Mir hat er 'was in's Dienstbuch geschrieben, das mag ich Dir garnicht zeigen. (Springt auf.) Aber ich habe ihm Rache geschworen, Rache!

Minna. Alterire Dich nicht, liebe Bertha. Mir ist das gleichgiltig; in drei Monaten gehe ich doch ab und heirathe.

Bertha. Du heirathest?

Minna. Ja. Er heißt Tinecke und ist Friseur; er ist gebildet, nicht ohne Mittel, ganz hübsch, hat ein gutes Herz — nur ein wenig eifersüchtig ist er; (wirft einen Blick in den Spiegel) man kann es ihm nicht verdenken.

Bertha. Ich bin auch verlobt; muß mit der Heirath aber noch warten; denn August ist noch im ersten Jahre seiner Dienstzeit.

Minna. Also Militär?

Bertha. Ja. Eigentlich ein wohlhabender Bauernsohn. Eine Seele von Mensch. Sein Unteroffizier sagte mir neulich, er wäre etwas dumm. Aber ich glaube es nicht; meiner Ansicht nach müßte er schon avancirt sein; aber die Vordermänner sind so zähe — sie nennen das die Majorsecke. — Nun, Du wirst meinen August noch kennen lernen — er bringt meinen Koffer weg zur Tante. Ah, da kommt er.

8. Auftritt.

Vorige. August (in Infanterie-Uniform, ohne Waffe, einen kleinen Koffer tragend).

August (durch die Mitte). Da bin ich, liebe Bertha, und da ist das Kofferchen — wenn noch was hinein soll.

Bertha. Richtig, zwei Schürzen, die ich noch da im Schranke habe. (Vorstellend.) Herr August Wurzel, mein Bräutigam -- meine Freundin, Fräulein Minna Werner. Einen Augenblick! (Geht zum Schrank und holt die Schürzen.)

August (etwas dumm, ohne Uebertreibung; dabei von gesuchter Schneidigkeit. Salutirend). Gnädiges Fräulein!

Minna. Gefällt es Ihnen beim Militär, Herr August?

August. Es macht sich; ich bin der Liebling meiner Vorgesetzten.

Minna. Ach, das ist schön.

August. Ja, weil ich so schneidig bin, Fräulein Lina.

Minna. Minna heiße ich.

August. Richtig. (Salutirt.)

Bertha (hat die Schürzen in den Koffer gelegt). So, August, zur Tante — Du weißt ja die Wohnung.

August. Jawohl, liebste Minna — Bertha wollte ich sagen.

Bertha. Aber August, verwechselst Du wieder alle Namen? (Zu Minna.) Es ist merkwürdig, mein August kann sich keine Namen merken.

Minna (lächelnd). O, das ist nicht hübsch, das müssen Sie sich abgewöhnen.

August (salutirend). Werde mich bemühen, Fräulein Guste.

Minna. Minna heiß' ich.

Bertha. Na vorwärts, August, bringe den Koffer fort.

August. Sogleich. (Zu Minna, galant salutirend.) Hat mich sehr gefreut, Fräulein Minna! (Lächelnd.) Sehen Sie, jetzt weiß ich's. (Nimmt den Koffer auf, zu Bertha.) Adieu derweil, liebe Rieke! (Mitte ab.)

Minna (lacht). Das ist superb! Hahaha!

Bertha (ebenfalls lachend.) Ein zerstreuter Peter! Aber, Minna, willst Du nicht die Wohnung ansehen?

Minna. Ja wohl. Laß uns diese Hallen betrachten. (Beide links ab.)

9. Auftritt.

Bollwitz.

Bollwitz (mit Hut und Schirm, schleicht vorsichtig von rechts herein). Niemand hier? — So, da wäre ich wieder. Das war ein kluger Einfall, meine Reise noch aufzuschieben, und so einen Tag lang von meinem Zimmer aus das Thun und Treiben dieses neuen Mädchens heimlich zu beobachten. Da werde ich hinter schöne Dinge kommen, und meine leichtgläubige Frau wird staunen, wenn ich ihr meine Beobachtungen mittheile. — Still! ich höre was. Auf meinen Posten. (Schleicht schnell rechts ab.)

10. Auftritt.

Minna. Friseur Tinecke (durch die Mitte).

Minna. Komm nur herein, lieber Tinecke, ich bin ganz allein.

Tinecke (küßt ihre Hand). Himmlische Minna!

Minna. Die Herrschaft ist auf zwei Tage verreist, und da bin ich die Gebieterin des Hauses.

Tinecke. Das ist prächtig wegen unseres Maskenballes. Wir gehen doch hin?

Minna. Natürlich. Mein Blumenmädchen-Costüm liegt obenauf in meinem Koffer. Ich habe schon mit meiner Freundin Bertha gesprochen — sie wird, während wir auf dem Balle sind, die Wohnung hüten.

Tinecke. Herrlich, meine himmlische Minna. Gegen acht Uhr hole ich Dich ab. Ich habe eine originelle Maske gewählt — Papageno aus der Zauberflöte.

Minna. Meine Freundin wird gleich zurückkommen; sie ist nur auf einen Sprung fortgegangen. Du speisest doch mit uns, lieber Tinecke?

Tinecke (entzückt). Speisen mit Dir, Götter=Minna? O Seligkeit! (Plötzlich tief erschrocken.) O Schreck! O Entsetzen!

Minna. Mein Gott, was ist Dir!

Tinecke (verzweifelt). Es geht ja nicht. Ich muß ja die Frau Minister um diese Zeit frisiren; und sie läßt stundenlang warten.

Minna. O, das ist schade. Wir haben schon Alles zum Imbiß vorbereitet.

Tinecke (exaltirt). Elendes Loos eines Friseurs! Ich erschieße mich.

Minna (lächelnd). Warum nicht gar. Wir wollen heut Abend auf dem Balle um so glücklicher sein.

Tinecke. Himmlische Minna! Aber eine Bitte — mache mich nicht wieder eifersüchtig.

Minna. Aber lieber Tinecke, erzähle ich Dir nicht immer offen= herzig, wenn man mir nachstellt?

Tinecke. Eben deswegen. Dieser Arthur bei Kroll neulich, von dem Du mir erzähltest, will mir noch nicht aus dem Kopf.

Minna. Thorheit! Dieser Arthur war ein alter Geck, und ich habe ihn nicht wieder gesehen.

Tinecke. Wehe ihm, wenn ich ihm jemals begegne. Aber ich muß fort. Adieu, himmlische Minna. (Küßt ihre Hand.)

Minna (ihn zur Thür geleitend). Punkt acht Uhr erwarte ich Dich zum Maskenball.

Tinecke. Himmlisch! Göttlich! (Beide ab.)

11. Auftritt.

Bollwitz. (Dann) Minna.

Bollwitz (von rechts, noch mit Hut und Schirm. Mit vergnügtem Lachen.) Hehehe! Habe ich es nicht prophezeit? Die Person hat einen Liebhaber. Leider konnte ich dabrin nur wenig verstehen, und ich muß meinen Feldzugsplan ändern. Ueberraschen muß ich sie. (Setzt sich rechts.) So. Hier will ich sitzen wie der Zeus; und wenn sie kommt, soll sie vor Schreck der Schlag treffen.

Minna (tritt schnell ein, sieht Bollwitz, der ganz ruhig sitzt.) Was ist das? Ein Mann? — Mein Herr, was — —

Bollwitz (wendet sich zu ihr).

Minna (sehr überrascht). Was seh' ich? Arthur?

Bollwitz (springt erschrocken auf). Laura?

Minna. Mein Gott, wo kommen Sie her?

Bollwitz. Wo kommen Sie her? — (Noch zweifelnd.) Laura?

Minna. Ich bin hier in Stellung bei Bollwitzens als — Haus=
verwalterin. Laura ist nur mein Sonntagsname — sonst heiße ich Minna.

Bollwitz (einknickend). Minna? Oh!

Minna. Also haben Sie mich doch 'gesucht und gefunden? O,
Arthur, Sie sagten damals bei Kroll, Sie würden mich finden, und
wenn Sie mich aus dem Abgrund der Hölle herauf holen sollten.

Bollwitz. Sagte ich das?

Minna. Obgleich ich Ihnen anvertraute, daß ich die Braut eines
andern Mannes sei. Aber Sie wollten nicht hören. Sie wollten mich
selbst vom Himmel herabreißen.

Bollwitz (für sich). O Gott, muß ich einen Affen gehabt haben.

Minna (nähert sich ihm, milde). Arthur, seien sie vernünftig, suchen
Sie nicht den Bund zweier Herzen zu zerreißen; seien Sie fortan nur
— mein Seelen=Freund. Wollen Sie?

Bollwitz (kläglich). Ja, es ist besser so.

Minna. Ich danke Ihnen, edler Mann. Und nun gehen Sie.

Bollwitz (für sich). Ich laufe zum Gesindevermiether; sie muß
heut noch aus dem Hause. Verdammte Geschichte! (Er will gehen.)

Minna. Arthur! Sie sind so blaß. Sie werden doch keine
Thorheit begehen? In dieser Erregung lasse ich Sie nicht fort.

Bollwitz (für sich). Das fehlte noch. Ich muß ihr was weis=
machen. (Laut.) Nein, Laura, lassen Sie mich — der Schlag war zu
hart. Laura, wir sehen uns niemals wieder! (Will schnell ab.)

12. Auftritt.
Vorige. Bertha.

Bertha (in Hut und Umhang, schnell und heiter eintretend). So, da
bin ich wieder, liebe Minna, und — (erblickt Bollwitz, leise aufschreiend) Ach!

Minna. Erschrick nicht, liebe Bertha. (Vorstellend.) Fräulein
Bertha Karich — — mein Freund, Herr Arthur Schütze. Wir lernten
uns neulich bei Kroll kennen.

Bertha (sehr erstaunt). Ah!

Bollwitz (für sich). Nun ist's aus.

Minna (leise zu Bertha). Du, das ist ein unglücklicher Anbeter
von mir — ich fürchte, er thut sich ein Leids an — wir dürfen ihn
nicht fortlassen.

Bertha. Was Du sagst!

Minna (laut). Sie sehen noch so leidend aus, lieber Arthur.
Was fällt mir ein! Denke, Bertha, Tinecke kann nicht zum Essen kommen
— wie wäre es, wenn Herr Arthur mit uns speiste?

Bertha (belustigt). Das wäre hübsch.

Bollwitz (sich aufraffend). Nein, nein, ich kann nicht, ich muß fort.

Minna. Nimmermehr! Wir lassen Sie nicht fort.

Bertha (geht zu ihm). Nein, Herr Arthur, Sie müssen bleiben? (Ihn scharf ansehend.) Ich will es.

Bollwitz (sieht Bertha halb erstaunt, halb furchtsam an). Wohlan, ich bleibe.

Minna. Das ist prächtig. So will ich unser Diner anrichten. Nachher hilfst Du mir, Bertha; unterhalte indeß den guten Arthur. Wir wollen recht vergnügt sein. (Links ab.)

(Kleine Pause.)

Bollwitz (steht tiefsinnig).

Bertha (ruhig). Also, Herr Bollwitz, Sie heißen jetzt Arthur Schütze und sind Minna's Anbeter?

Bollwitz (versucht zu lachen). Bewahre! Hahaha! Es ist ja nur ein Scherz, — nein, ein Mißverständniß — o Gott! (Seufzt.)

Bertha (schlägt die Arme übereinander). Wissen Sie, Herr Bollwitz, was Sie sind? Sie sind frivol und verschmitzt!

Bollwitz (zornig). Du unterstehst Dich!

Bertha. Na nu? Sie wollen wohl noch aufmucken? Das also ist der moralische Herr, der alle Menschen hier im Hause cujonirt? Einem anständigen jungen Mädchen stellen Sie nach? Ihre gute Frau führen Sie hinter's Licht? Und Ihrem braven Schwiegersohn, Herrn Arthur Schütze, von dem Sie sonst nichts wissen wollen, mißbrauchen Sie seinen Namen?

Bollwitz. Mein Traum — sie rollt mich!

Bertha. Aber auf der Stelle entdecke ich der Minna Ihre Schänd= lichkeit, und dann fahre ich zu Ihrer Frau.

Bollwitz (außer sich). Bertha, wenn Du das thust —

Bertha. Duzen Sie mich nicht! (Läuft zornig umher.)

Bollwitz (ihr nachlaufend). Nein — liebste Bertha, Sie sollen ja ein anderes Zeugniß haben, ein glorioses Zeugniß. Und zwei neue Kleider! Und einen andern Dienst verschaffe ich Ihnen, einen viel bessern Dienst — mit Pension — und — aber wenn Sie plaudern, mich blamiren — Ach! Ich kann nicht mehr! (Fällt in den Stuhl.)

Bertha (stolz mit dem Finger auf ihn zeigend). So muß es kommen. (Mitleidig). Sie thun mir leid, unglücklicher Greis.

Bollwitz (beleidigt.) Greis?

Bertha. Nun gut, ich will nicht plaudern, ich will schweigen.

Bollwitz (erleichtert). Wirklich? Und meine Frau und die Minna sollen nichts erfahren?

Bertha. Nein. Aber unter einer Bedingung.

Bollwitz. Welche?

Bertha (besinnt sich). Doch nein, das will ich selbst besorgen; Sie halten nicht, was Sie jetzt versprechen.

Bollwitz. Aber so rede doch.

Bertha. Für jetzt verlange ich nichts, als daß Sie sich nicht selbst verrathen und recht lustig sind.

Bollwitz (kläglich). Ich soll lustig sein?

Bertha. Kreuzfidel! Das ist meine Bedingung. Still! Minna kommt.

13. Auftritt.

Vorige. Minna (mit einem großen Präsentirbrett mit Geschirr und Speisen von links).

Minna. So, da bin ich wieder. Hilf mir, Bertha.

Bertha. Sogleich. Herr Arthur, helfen Sie auch. Den Tisch hierher und Stühle.

Bollwitz. Ja wohl. (Er rückt einen Tisch in die Mitte der Bühne. Die Mädchen decken u. s. w.) Minna (während des Deckens). Nun, lieber Arthur, sind Sie noch verstimmt?

Bertha. Bewahre. Herr Arthur hat schon so herzlich gelacht. Nicht wahr? Hahaha! (Stößt ihn an, leise). So lachen Sie doch!

Bollwitz. Ja wohl. (Lacht gezwungen.) Hahaha! (Geht nach vorn.)

Minna. Nun, das ist hübsch. Jetzt will ich die Suppe holen. (Links ab.)

Bertha (ordnet indeß den Tisch weiter).

Bollwitz (im Vordergrunde). Diese Bertha ist eine Hottentottin. — Himmel, ich mit meinen Dienstmädchen beim heimlichen Diner! Wenn das 'raus kommt, kann ich niemals Stadtverordneter werden.

Minna (kommt mit der Suppe zurück). So, jetzt kann's losgehen. Kommen Sie, Arthur! Sie sitzen in der Mitte.

Bollwitz. Ja wohl. (Geht zum Tisch.)

Bertha. Halt, ich kenne die Hausgelegenheit. Der Alte hat stets ein paar Flaschen Wein in seinem Zimmer — die will ich holen. (Springt rechts ab.)

Bollwitz (für sich). Schrecklich!

Minna (indem sie und Bollwitz sich setzen). Ein recht liebes und munteres Mädchen, die Bertha.

Bollwitz. Ja — sehr munter!

Bertha (kommt zurück mit zwei Flaschen Wein, und einem Cigarrenkistchen). So. Nur noch einen Augenblick wartet mit dem Essen. Bitte, Herr Arthur, zünden Sie sich 'mal eine Cigarre an. (Giebt ihm Cigarren und Feuerzeug.)

Bollwitz. Aber — —

Minna. Vor der Suppe, Bertha?

Bertha. Bitte, lieber Herr Arthur. Ich habe nämlich was Be=
sonderes dabei. Brennt sie?

Bollwitz. Ja. (Raucht.)

Minna. Nun?

Bertha (neben Bollwitzens Stuhl stehend). Ihr müßt nämlich wissen,
heut Morgen zankte unser Alter mit seiner Frau. Dabei schreit er
immer mörderlich, und da hörte ich durch die Thür, daß er sagte:
„Ich schwöre Dir, heut Mittag sitzt die Minna mit ihrem Schatz an
diesem Tisch, und der freche Mensch raucht meine Cigarren." (Schlägt
Bollwitz auf die Schulter.) Richtig, da sitzt er! Hahaha!

Minna (lacht).

Bollwitz (läßt die Cigarre aus dem Mund fallen). Oh!

Bertha. Und jetzt wollen wir essen. (Setzt sich.)

Minna. Ist denn der Herr Bollwitz wirklich so schlimm?

Bertha. Ich sage Dir, ein Ungeheuer ist er. Wenn ich da=
gegen hier unseren sanften Arthur ansehe — wie Nacht und Tag.

(Klopfen an der Mittelthür.)

Bollwitz (erschrocken). Es klopft.

Minna (springt auf). Wer ist da?

14. Auftritt.

Die Vorigen. Tinecke.

Tinecke (von außen). Ich bin es, himmlische Minna. Oeffne!

Minna. Das ist Tinecke, mein Bräutigam.

Bertha. Der Eifersüchtige?

Minna. Wenn er Sie findet, Arthur, sind wir verloren.

Bertha. Der zerreißt Sie!

Bollwitz. Zerreißt mich?

Minna. Verbergen Sie sich!

Bertha. Hier unter den Tisch!

Bollwitz. Aber —

Tinecke (von außen). Minna! Minna!

Bertha und Minna. Schnell, schnell, unter den Tisch!

Bollwitz. Schauderhaft! (Kriecht von der dem Publikum abgewendeten
Seite unter den Tisch.)

Minna. Ich entferne ihn gleich wieder. (Geht hinaus.)

Bertha (für sich). Und ich will schnell an Herrn Pendel ein
Briefchen schreiben, ehe der Spaß ein Ende hat. (Geht nach hinten und
verläßt nach Tinecke's Eintritt schnell das Zimmer.)

(Minna und Tinecke treten ein. Tinecke trägt ein in eine weiße Serviette ge=
schlagenes Packet.)

Tinecke. Himmlische Minna, welch' ein Glück! Die Ministerin hat sich entschuldigen lassen, sie hat Migräne. Nun kann ich Dir, Du Holde, meinen Tag widmen.

Minna (für sich). O weh!

Tinecke. Und damit ich nicht nochmals nach Hause muß, und wir gleich von hier aus zum Maskenball gehen können, habe ich meinen Papageno gleich mitgebracht. (Legt das Packet ab.)

Minna (verlegen). Entschuldige, lieber Tinecke, aber es geht nicht, daß Du hier bleibst.

Tinecke. Deiner Freundin wegen? Habe ich sie verscheucht? Da ist ja aber für drei gedeckt. Und Cigarren?

Minna. Ganz recht. Bertha's Bräutigam speist mit uns ein Infanterist.

Tinecke. Ein Infanterist?

Minna. Bertha genirt sich vor Dir; darum gehe und hole mich um acht Uhr ab.

Tinecke (mißtrauisch). Hm, natürlich, wenn dem so ist — (erblickt Bollwitzens Hut und Regenschirm, welche derselbe rechts auf den Tisch gelegt hat). Ha!

Minna. Was ist?

Tinecke (stürzt auf die Sachen los). Ist das ein Infanterie=Helm? Ist das ein Gewehr? (Zeigt die Sachen.) Das ist Betrug, Verrath!

Minna. Himmel!

Tinecke (in ausbrechender Eifersucht). Hier ist ein Mann verborgen, ein Civilist, am Ende jener Arthur.

Minna. Aber Tinecke, so höre mich doch!

Tinecke (wüthend zur Thür rechts stürzend). Nein, ich muß ihn er= würgen! (Sieht, daß Niemand im Nebenzimmer ist.) Nichts? Vielleicht dort? (Stürzt zur Thür links.) Ich zerreiße den Buben.

Minna. Tinecke, ich werde Dir böse!

Bollwitz (kommt vorsichtig unter dem Tisch vorn vorgekrochen, als wenn er zum Sopha retiriren wollte).

Tinecke (nachdem er in die Thür links geblickt). Hier auch nichts? Aber wo — — (sieht den kriechenden Bollwitz). Ha! Da kraucht Einer! (Zieht Bollwitz am Kragen empor.) Halt, Bube! Wer bist Du! (Schüttelt ihn.)

Bollwitz. Hilfe!

Minna (bringt zwischen beide). Nun ist's genug, Herr Tinecke! Ich beschütze diesen Mann, es ist mein Cousin — Herr Arthur Schütze.

Tinecke. Ha, der Arthur von Krolls? Treuloses Weib, ich verlasse Dich! Geh' allein auf Deinen Maskenball! Du Natter, Du Schlange, Du Molch — (Will auf sie los.)

Minna (flüchtet hinter Bollwitz). Ach, er tödtet mich! Hilfe!

Bollwitz (zornig). Jetzt aber hab' ich's satt. Ich werde einen Schutzmann rufen und Sie — —

Tinecke (schüttelt Bollwitz). Ha, Du wagst es, elender Verführer! Mädchenräuber! (Stößt Bollwitz zurück, daß dieser sich an die Erde setzt.) Fahr' hin, ungetreues Weib! Wehe über Euch! Wehe! (Er stürzt durch die Mitte ab.)

Bertha (welche während der letzten Worte aufgetreten ist, erschrocken). Was ist denn hier los?

Minna (in einen Stuhl sinkend). Bertha, ich sterbe!

Bollwitz (auf der Erde sitzend, jämmerlich). Bertha, ich bin zerrissen!

(Der Vorhang fällt.)

Zweiter Akt.

(Garten bei Arthur Schütze. Links im Hintergrunde der Weg nach dem Wohnhaus. Rechts hinten der Weg in's Freie. Vorn links eine große Laube mit Tisch und Stühlen. Vorn rechts eine Gartenbank.)

1. Auftritt.

(Am Tische links sitzen) Arthur (Zeitung lesend. Neben ihm) Wanda (häkelnd. Dann) Caroline. Meta. Moritz.
(Auf dem Tisch steht Kaffee-Service.)

Caroline. Um so späte Jahreszeit noch ein so schöner Tag, daß man den Kaffee im Freien nehmen kann. Wir bekommen noch ein italienisches Klima.

Arthur. Und doch fangen die Leute schon mit den Maskenbällen an. Da ist zu heut gleich einer angezeigt. Was das nur für ein Vergnügen ist, bei dieser Hitze zu tanzen und obendrein mit einer Larve vor dem Gesicht. Das ist gänzlich unmotivirt. Was meinst Du dazu, Wanda?

Wanda. Du weißt ja, lieber Arthur, ich mache mir nichts aus dem Tanzen. Mein größtes Glück ist, wenn ich so traulich bei Dir sitzen kann.

Arthur. Du bist auch mein Herzensweibchen. Schwiegermama, Ihre Tochter ist ein Engel. (Küßt Wanda.)

Moritz (seufzt schwer). O Gott!

Caroline. Wie, Herr Pendel, Sie seufzen?

Moritz. Ja, verehrte Frau, ich bedaure Sie.

Caroline. } Mich?
Arthur. } Oho!
Wanda, Meta. } Wie?

Moriz. Weil nur an Ihrer rechten Seite ein solch' glückliches Kinderpaar sitzt, während Sie's an der linken doch auch haben könnten. (Wanda und Meta lachen.)

Arthur. Höchst merkwürdig motivirt!

Caroline. Geduld, lieber Pendel, mit der Zeit pflückt man Rosen.

Meta. Aber, Mama, wenn's derweil Herbst wird!

Caroline. So wie wir nach Hause kommen, werde ich mit meinem Manne ein ernstes Wort reden. Nicht nur Eure Heirath muß durchgesetzt werden, auch ein gutes Einvernehmen zwischen Arthur und meinem Mann muß endlich hergestellt werden.

Wanda und Meta. Liebe Mama!

Arthur. ⎫ Beste Schwiegermama!
Moriz. ⎬ Theure Frau!

Caroline. Aber nun, Kinder — Ihr kennt meine schwache Seite, — ich muß mich ein halbes Stündchen auf's Sopha legen und ruhen.

Wanda. Ich führe Dich in die grüne Stube, Mama, da bist Du ganz ungestört. (Räumt die Tassen auf ein Präsentirbrett.) Das will ich mitnehmen.

Caroline. Geht Ihr mit in's Haus?

Meta. Ich möchte noch ein wenig im Garten bleiben.

Arthur. Und ich möchte diesen Leitartikel zu Ende lesen.

Wanda. Du bleibst heut' Abend zu Hause, lieber Arthur?

Arthur. Gewiß, mein Schatz.

Wanda. So komm, liebe Mama. (Mit Caroline links ab.)

Meta. Ich werde noch ein Bischen im Garten herumlaufen und sehen, was es noch für Blumen giebt.

Moriz. Da gehe ich natürlich mit. Muß doch sehen, was ich noch von der Blumensprache weiß.

Meta. Ich werde Sie prüfen.

Moriz. Du entschuldigst uns, Freund Schütze?

Arthur. Bitte, lieber Pendel.

Moriz. Adieu, Politikus! (Mit Meta vorn rechts ab.)

Arthur. Wenn er erst Ehemann ist, wird er auch lieber die Politik als die Blumensprache studiren. (Er liest.)

2. Auftritt.

Arthur. August.

August (kommt von rechts aus dem Hintergrunde und hat einen Brief in der Hand. Er sieht sich um). Das ist doch zu dumm. Da hat mir meine Bertha einen Brief zur Bestellung übergeben. Das Haus, wo ich ihn abgeben soll, ist der Beschreibung nach dieses. Aber wie der Hausbesitzer heißt, das hab' ich vergessen. Das thäte nichts; denn dem

Hausbesitzer soll ich den Brief nicht geben, sondern dem, der bei ihm zum Besuch ist. Aber wie nun der heißt — das hab' ich auch vergessen. (Erblickt Arthur.) Ah, da ist Einer. (Näher tretend.) Ach, Sie entschuldigen gütigst — —

Arthur. Ein Soldat? Sie wünschen?

August. Könnten Sie mir vielleicht gütigst sagen, wem ich diesen Brief abzugeben habe? (Zeigt den Brief.)

Arthur (steht auf und sieht den Brief an). Ja, lieber Freund, wie kann ich das wissen? Der Brief hat ja keine Adresse?

August. Das ist's eben; und ich hab' vergessen, wem ich ihn geben soll. So viel weiß ich aber noch, es ist ein Mann, der so bummelt. (Beschreibt mit der Hand in der Luft die Bewegung eines Pendels.)

Arthur (lachend). Ein Mann, der bummelt? Das bin ich nicht.

August. Er ist nämlich bei einem andern Herrn, der —

Arthur. Nun? Der andere Herr?

August. Den Namen hab' ich auch vergessen.

Arthur. Na, wissen Sie was, lieber Freund, dann gehen Sie nochmal nach Hause, lassen Sie sich die ganze Sache noch einmal ordentlich motiviren, und dann kommen Sie wieder. Adieu. (Geht hinten links ab.)

August (bleibt nachdenklich stehen). Da könnte man gleich toll werden. Und so halb und halb weiß ich doch die beiden Namen — ich weiß ganz genau, der eine Name bummelt, und der andre schießt. (Denkt nach.)

3. Auftritt.

August. Tinecke.

Tinecke (kommt erregt aus dem Hintergrund rechts). Hier wohnt er, dieser Arthur Schütze; nur ein einziger Schütze trägt diesen Vornamen. Und verheirathet ist dieser Bube noch obendrein. Ha, wenn ich seine Frau erwische, der will ich ein Licht anzünden.

August (erblickt Tinecke.) Da ist wieder Einer. Entschuldigen Sie, können Sie mir nicht sagen, ob hier ein Herr wohnt, der — —

Tinecke. Nun, der?

August. Ja, ich weiß nicht gleich, wie er heißt.

Tinecke. Hier wohnt ein gewisser Arthur Schütze.

August (stramm stehend, schreit). Hurrah!

Tinecke (sieht ihn erstaunt an). Nanu?

August (fröhlich). Schütze! Das ist er. Ich wußte ja, er schießt. Schütze.

Tinecke. Und zu diesem Schützen wollen Sie?

August (sieht Arthur nach). Am Ende war das gar der Schütze, der eben fortgegangen ist.

Tinecke. Mit dem Sie hier gesprochen haben? Nein, das war er nicht — den richtigen Schütze kenne ich. Aber was wollen Sie denn bei diesem Schütze?

August. Einen Brief habe ich zu bestellen.

Tinecke. Einen Brief?

August (geheimnißvoll). Von Ihr!

Tinecke. Von Ihr? (Packt ihn.) Ha, Bube! Von Minna?

August (macht sich los). Donnerwetter, nein! Von Bertha.

Tinecke (fährt sich mit den Fäusten in die Haare). Ha, eine Bertha hat das Scheusal auch?

August. Aber so hören Sie doch. Der Brief ist ja nicht an Schütze, sondern an einen Herrn, der bei ihm zum Besuch ist.

Tinecke (sich beruhigend). Ach so, das ist was Anderes.

August. Sie scheinen dem Schütze nicht grün zu sein?

Tinecke. Grün? Umbringen werde ich den Kerl, wenn ich ihm begegne.

August (für sich). Der ist übergeschnappt. (Laut.) Na, mir kann das gleich sein. Ich soll den Brief an Jemand abgeben, der einen bummligen Namen hat.

Tinecke. Einen bummligen Namen?

August. Ja, der Name bedeutet etwas, was so in der Luft oben hin und her bummelt.

Tinecke. Eine Glocke?

August. Nein.

Tinecke. Eine Trobbel?

August. Auch nicht.

Tinecke (für sich). Der Mensch ist blödsinnig. (Laut.) Na, ich kann mir den Kopf nicht drüber zerbrechen. Kommen Sie mit — drüben ist ein Restaurant. Ich erzähle Ihnen meine entsetzliche Liebesgeschichte.

August. Aber mein Brief?

Tinecke. Hat noch zehn Minuten Zeit. Ich kehre dann mit zurück, habe hier auch noch zu thun. Muß nur erst meine Nerven durch ein paar Seidel Bier stärken. Vielleicht fällt mir dabei ein, wie ich den Kerl umbringe!

August. Nun ja, und mir fällt vielleicht noch etwas ein, was oben in der Luft bummelt.

(Beide rechts im Hintergrund ab.)

4. Auftritt.

Meta. Moritz. (Arm in Arm von rechts vorn.)

Meta. Ihre Prüfung in der Blumensprache ist vortrefflich ausgefallen, lieber Moritz. Ich bin überhaupt sehr zufrieden mit Ihnen.

Moritz (küßt ihre Hand). Theure Meta!

Meta. Am meisten aber hat mich gefreut, wie Sie es vorhin am Tische dort so hübsch fanden, daß Arthur und Wanda so frieblich mit einander leben.

Moritz. So ein friebliches Leben werden wir auch führen.

Meta. Nicht wahr? Wir werden uns niemals streiten?

Moritz. Niemals. Jeder Streit ist mir zuwiber.

Meta. Mir auch. Und nun gar zwischen Menschen, die sich lieben.

Moritz. Ich würde Ihnen immer nachgeben, liebe Meta.

Meta. Und ich würde Ihnen immer recht geben, lieber Moritz.

Moritz. Und woraus entsteht denn auch meistentheils solch' ein ehelicher Zank? aus der erbärmlichsten Kleinigkeit. Man zankt sich um eine Stecknadel, um einen Hauch, um — (er hält den Zeigefinger vor den Mund und bläst leicht über die Spitze desselben) um ein fh!

Meta (sieht ihn lächelnd an). Um was?

Moritz (die Pantomime wiederholend). Um ein fh! Das heißt, um ein Nichts.

Meta. Nun, um ein Nichts kann man nicht streiten. Alles muß doch einen Grund haben.

Moritz. Richtig, liebste Meta; aus nichts wird nichts. Aber wir müssen zwischen einem absoluten Nichts und einem relativen Nichts unter= scheiden.

Meta (scherzend). Ach bitte, erklären Sie mir das nicht chemisch.

Moritz (lachend). Chemisch? Hahaha! Nun wählen wir ein Bei= spiel. Die Bühne soll ja ein Bild des Lebens sein. Nun sehen Sie sich einmal ein Lustspiel an. Da kommen zwei Liebende vor — sie sind ein Herz, eine Seele. Er hält ihre Hand, wie ich jetzt die Ihrige; er blickt ihr in's Auge, wie ich jetzt in das Ihrige. Plötzlich beginnt sie ein kleines Zänkchen und läuft fort.

Meta. Vermuthlich will sie der Dichter auf ein paar Scenen los sein.

Moritz. Und aus was entsteht der Streit? aus Nichts!

Meta. Natürlich. Da sie sich am Schlusse kriegen müssen, darf die Sache nicht zu ernst sein.

Moritz. Das beweist aber doch, das es im Leben auch vorkommt.

Meta. Das beweist höchstens, daß der Dichter nicht zu motiviren versteht. (Etwas ärgerlich.) Warum klopft ihm die Kritik nicht auf die Finger?

Moritz. Weil die Kritiker auch verheirathet sind, und aus Er= fahrung wissen, daß die Frauen oft um ein Nichts streiten.

Meta. Wie? Die Frauen sollten um Nichts zanken?

Moritz. Meistentheils.

Meta. Und die Männer wohl nicht?

Moritz. In seltenen Ausnahmen.

Meta. Das ist stark. Sie haben unrecht.

Moritz. Ueberlegen Sie die Sache, und Sie werden mir nachgeben.

Meta. Sie sagten vorhin, das Sie mir immer nachgeben wollten.

Moritz. Und Sie sagten, daß Sie mir immer recht geben wollten.

Meta (gereizt). Mein Gott, ich gebe Ihnen ja recht. Alle Länder und Städte, alle Menschen, Thiere und Pflanzen, alle Vernünftigen und Streitsüchtigen, die ganze Welt ist aus Nichts entstanden, aus einem — (hebt, wie vorhin Moritz, den Zeigefinger an den Mund und bläst über die Spitze desselben) fh!

Moritz (lacht). Meta, wenn Sie wüßten, wie hübsch Sie aus= sehen, wenn Sie so über Ihr Fingerchen blasen.

Meta (geärgert). Und wenn Sie wüßten, wie einfältig Sie dabei aussehen.

Moritz. Einfältig? Sie wählen Ausdrücke, die — (mit ironischer Verbeugung) aber ich wollte Ihnen ja nachgeben, und erkläre mich also für einfältig.

Meta. Und ich gebe Ihnen wieder vollkommen recht.

Moritz (geärgert). Wenn Sie mich durch solche Redensarten ver= treiben wollen, werde ich Ihnen nachgeben.

Meta. Wenn Sie jetzt gehen wollen, werde ich Ihnen recht geben.

Moritz. O, Fräulein, wenn ich jetzt meinen Hut hier hätte, würde ich sofort gehen.

Meta. O, mein Herr, Ihren Hut will ich Ihnen gern heraus= schicken.

Moritz. Was? Sie wollen mir meinen Hut schicken? So weit ist es schon gekommen. O, ich Unglücklicher!

Meta. Nein, ich bin unglücklich! weil Sie mich so behandeln. Ach, ich muß weinen, weinen! (Sinkt weinend in einen Stuhl.)

Moritz (sieht sie an, schlägt sich vor die Stirn, plötzlich sehr heiter). Und ich möchte mich todtlachen. Meta, um was haben Sie jetzt ge= zankt? Um ein Nichts. Habe ich Sie jetzt belehrt?

Meta (springt auf und starrt ihn an). Ach, Sie sind ja ein ganz schrecklicher Mensch! (Faßt sich.) Nein, um ein Nichts haben wir nicht gezankt, sondern weil Sie ein Rechthaber sind, ein Starrkopf — und jetzt schicke ich Ihnen Ihren Hut. (Will gehen.)

Moritz. Aber, liebste Meta —

Meta (mit Hoheit). Sie wünschen, mein Herr?

Moritz. So wollen Sie von mir gehen? Sagt denn Ihr Herz gar nichts?

Meta. Mein Herz sagt (bläst über den Finger) fh! (Macht einen Knix und geht trotzig links ab.)

Moritz (ihr nachsehend, nach einer kleinen Pause). Es ist doch ein ganz reizendes Mädel. — Nun, ich wette, meinen Hut schickt sie mir nicht. (Setzt sich an den Tisch.)

5. Auftritt.

Moritz. August (von rechts hinten).

August (den Brief in der Hand). Von dem verrückten Menschen, der Alles umbringen will, habe ich mich losgemacht. Wenn ich nur auch meinen Brief los wäre! (Sieht Moritz.) Aha, da ist Einer. Entschuldigen Sie.

Moritz. Was giebt es?

August. Ich habe hier einen Brief abzugeben.

Moritz. An wen?

August. Ja, das weiß ich eben nicht.

Moritz (lacht). Das ist schlimm. Aber von wem kommt denn der Brief?

August. Von Fräulein Bertha Karich.

Moritz. Das ist ja Vollwitzens Bertha, meine vermittelnde Fee. — Der Brief, mein Lieber, könnte vielleicht an mich sein.

August (zögernd, schlau). Ja, wie heißen Sie denn? Dann werd' ich's gleich wissen.

Moritz. Mein Name ist Moritz Pendel.

August. Hurrah! Pendel! Nun ist's endlich raus. Pendel. Da ist der Brief. (Während Moritz den Brief öffnet.) Ich wußte es ja — Pendel — das ist so ein Ding, was immer hin und her bummelt.

Moritz (liest den Brief). „Lieber Herr Pendel! Kommen Sie sogleich. Bringen Sie Schütze mit. Es gilt Ihr beider Liebesglück. Sehnsüchtig wartet Ihre Fee." — Hm, das klingt ja merkwürdig. Hat Ihnen Fräulein Bertha weiter nichts aufgetragen?

August (geheimnißvoll). Versteht sich. Aber Sie sollen's ganz geheim halten. Der Alte wäre gar nicht verreist, er wäre zurückgekommen und säße zu Hause in der Klemme.

Moritz. Vollwitz?

August. Ja. Die Herren möchten gleich kommen — heute Abend wäre dann Alles glücklich.

Moritz. Hier, lieber Freund. (Giebt ihm Geld.) Und sagen Sie der Bertha, wir kämen sofort.

August. Schön. Danke bestens. (Für sich.) Nun habe ich sie doch alle Beide herausbekommen, den Schütze (macht eine Schießbewegung) und den Pendel. (Streckt den Arm in die Höh' und wackelt in der Luft.) Ja, wenn man sich in seinen Gedanken nur Merkzeichen macht. — Empfehl' mich! (Salutirt. Rechts ab.)

Moritz (den Brief nochmals überfliegend). Das hat 'was zu bedeuten. Ich muß auf der Stelle hin — aber meine gespannte Situation mit Meta?!

6. Auftritt.

Arthur (mit Hut und Stock von links). Moritz.

Moritz. Du, Arthur! Du willst ausgehen?

Arthur. Nur auf drei Minuten, nebenan in die Weinhandlung, ein paar Flaschen aussuchen zu unserer Bowle heut Abend.

Moritz. Das geht jetzt nicht, Du mußt sofort zu Bollwitz, unser Lebensglück steht auf dem Spiel. Da lies 'mal den Brief hier. (Giebt ihm den Brief.) Er ist von Bertha, Bollwitzens Mädchen, meiner Ver= trauten. Es ist ein pfiffiges Mädchen, das keine leeren Redensarten macht.

Arthur (der gelesen hat). Aber wir beide sollen jetzt fort?

Moritz. Wir müssen. Denke nur, Bollwitz ist wieder zu Hause. Es muß da etwas Außerordentliches vorgegangen sein. Heut Abend, läßt mir Bertha sagen, wären wir alle glücklich — ich vielleicht ver= lobt, Du mit Bollwitz versöhnt.

Arthur. Das wäre prächtig, und wenn Du meinst — (Legt den Brief in der Zerstreuung auf den Tisch.) Aber ich muß mein Fortgehen erst meiner Frau motiviren.

Moritz. Nicht doch. Die Sache soll geheim bleiben — vielleicht könnte der Alte blamirt werden. Komm, komm!

Arthur. Aber der Doktor Pfeiffer wollte in einer Bau=Ange= legenheit mich besuchen; (sieht nach seiner Uhr) allerdings ist die bestimmte Zeit vorbei, und er wird nicht mehr kommen. —

Moritz. Gut, so sage ich Deiner Frau, Doktor Pfeiffer habe Dich in einer bringenden Angelegenheit abgeholt. Du fährst jetzt per Pferde= bahn zu Bollwitz, spricht erst mit Bertha — (Drängt ihn fort.)

Arthur. Aber kommst Du denn nicht mit?

Moritz. Ich folge Dir sogleich. Muß nur erst ein paar Worte mit Meta reden. (Ihn nach rechts hinten abziehend.) Aber so sei doch nicht so langweilig! Komm, komm, alter Freund.

(Beide ab.)

7. Auftritt.

Tinecke. (Gleich darauf) Wanda.

Tinecke (von rechts vorn). Endlich sind diese Menschen fort, und ich kann Frau Schütze aufsuchen, um ihr über ihren sauberen Ehegatten den Staar zu stechen.

Wanda (von links hinten). Wo bleibt denn nur mein Mann? Doktor Pfeiffer will ihn sprechen. (Sieht Tinecke.) Ein Fremder?

Tinecke. Verzeihen Sie, hier wohnt doch Herr Baumeister Schütze?

Wanda. Allerdings; aber mein Mann ist ausgegangen.

Tinecke. Sie also sind seine Frau? Armes, bedauernswerthes Weib!

Wanda. O Gott, meinem Manne ist doch kein Unglück begegnet?

Tinecke (elegisch, bitter). O nein, dem geht's ganz wohl — im Arm der Liebe — bei Gänsebraten und St. Julien.

Wanda. Was reden Sie da?

Tinecke. Die grauenvolle Wahrheit. Ihr Mann ist ein treu= loser, hinterlistiger Don Juan.

Wanda. Mein Herr, Sie unterstehen sich, meinen Gatten zu be= leidigen?

Tinecke. Beleidigen? Ha, soll ich ihn vielleicht preisen und ver= ehren dafür, daß er meine Braut mir abspenstig gemacht hat?

Wanda. Ihre Braut? Und Sie reden von meinem Mann, dem Baumeister Schütze?

Tinecke. Ja, ich weiß genau, was ich rede. Neulich bei Kroll hat Ihr sauberer Gemahl zum ersten Male mit meiner Minna soupirt. Das hat sie mir selbst erzählt. Wie oft sie seitdem noch soupirt haben, das hat sie mir freilich nicht erzählt. Aber ich weiß, daß sie jetzt aber= mals ein Rendezvous haben. Folgen Sie mir, Madame, und Sie sollen Ihren treulosen Gatten in flagranti ertappen.

Wanda (für sich). Was soll ich davon denken? Dieser Mensch spricht mit einer Ueberzeugung — und wo bleibt nur mein Mann — er wollte gleich wiederkommen.

Tinecke. Ha, sie sollen meiner Rache nicht entgehen, die treulose Minna und ihr zärtlicher Arthur.

Wanda. Arthur? So heißt ja mein Mann.

Tinecke. Natürlich! Ich sage Ihnen ja, ich weiß Alles, und habe mich genau überzeugt. (Läuft umher.)

Wanda. Mein Gott, mir zittern die Füße. (Setzt sich auf einen Stuhl links neben den Tisch.) Könnte denn das möglich sein? Ob ich meine Mutter herbeirufe, ob ich — (Erblickt den Brief, den Arthur auf den Tisch gelegt hat.) Was ist das? Ein offener Brief? An Pendel? „Kommen Sie sogleich. Bringen Sie Schütze mit. Es gilt Ihr beider Liebes= glück. Sehnsüchtig wartet Ihre Fee.“ (Springt mit einem Schrei auf.) Ha!

Tinecke (erschrocken). Was ist denn?

Wanda (sucht sich zu fassen). O, mein Herr, ich glaube beinah, daß Sie in dieser Sache recht haben. Aber ich muß mich besinnen, er= holen. Lassen Sie mich jetzt — kehren Sie in einer halben Stunde wieder.

Tinecke. Ich gehorche und kehre dann mit einer Droschke zurück. Wir brauchen nicht zu befürchten, daß wir das Pärchen nicht mehr an= treffen, denn ich vermuthe, sie besuchen zusammen den Maskenball.

Wanda (schmerzlich). Den Maskenball?

Tinecke. Leben Sie wohl, Madame, und — wenn Sie einen Revolver haben, stecken Sie ihn zu sich. (Vorn rechts ab.)

Wanda. O, es ist kein Zweifel, Pendel und Arthur sind beide schuldig — dieser Brief beweist Alles.

8. Auftritt.

Wanda. Meta.

Meta (von links mit Moritzens Hut). Nun, wo bleibt Ihr denn, Du und Dein Mann? Doktor Pfeiffer kann nicht länger warten. Und wo ist Moritz? (Den Hut zeigend.) Den will ich mal erschrecken.

Wanda (eilt auf Meta zu und giebt ihr den Brief). Da, Unglück= liche, lies.

Meta (liest). „Lieber Herr Pendel!" — Was? an Moritz? (Durch= fliegt den Brief.) „Ihre Fee?" Was bedeutet das?

Wanda. Aber begreiffst Du denn nicht? Diesen Brief habe ich hier gefunden. Dein Moritz und mein Arthur, sie sind uns treulos, sie haben ein Rendezvous.

Meta (sinkt mit einem Schrei auf die Bank rechts, legt den Hut neben sich). Oh!

Wanda (läuft umher). Es ist empörend, grauenhaft!

Meta (in den Brief starrend). Und Dein Mann auch?

Wanda. Haha! Er hat eine Minna!

Meta. Und Moritz?

Wanda. Der hat sogar eine Fee.

Meta (springt wüthend auf). Das muß eine nette Fee sein. Sieh' nur hier — „Liebesglück" — Glück schreibt sie mit i und „Fee" — F, e, e, h! Hahaha!

Wanda. Still, da kommt die Mama mit dem Doktor.

Meta. Du, Wanda, wir sagen der Mama Alles.

Wanda. Natürlich. Laß nur erst den Doktor fort sein.

9. Auftritt.

Dr. Pfeiffer, Caroline (von links). Wanda. Meta.

Pfeiffer (im Auftreten, jovial). „Da schickt der Herr den Jodel aus" — heißt's im alten Liede. Da keiner der Boten wiederkehrt, muß ich mich wohl selber auf die Suche machen. Wo steckt denn nur der Schütze, meine Damen?

Wanda (verlegen). Herr Doktor — mein Mann — wir können ihn nicht finden.

Pfeiffer. Hm, das ist unangenehm. Dann erlauben Sie wohl,

daß ich meine Papiere hier niederlege, und Sie übergeben sie dann wohl Ihrem Herrn Gemahl — ich kann nicht länger warten. (Er geht zum Tisch vor der Laube und kramt einige Papiere aus.)

Wanda. Bitte, Herr Doktor, es soll Alles besorgt werden.

Caroline (ist zu Meta getreten). Was fehlt Dir denn, Meta?

Meta. Ach, Mama, schreckliche Dinge. Da lies 'mal den Brief, aber laß Dir nichts merken, so lange der Doktor hier ist. (Giebt ihr den Brief.)

Caroline. Ja, was ist denn? (Liest für sich.)

Wanda (ist nach hinten gegangen und sieht nach rechts). Ah, da kommt Herr Pendel, der wird wohl wissen, wo mein Mann ist.

Meta (für sich). Moritz? Na warte, Ungetreuer!

(Doktor in der Laube mit den Papieren beschäftigt, achtet nicht auf das Folgende.)

10. Auftritt.

Vorige. **Moritz** (von rechts hinten).

(Stellung: Doktor, Wanda, Moritz, Caroline, Meta.)

Moritz (heiter). Ah, meine Damen —

Wanda. Sagen Sie mir doch, Herr Pendel, wissen Sie nicht, wo sich eigentlich mein Mann befindet?

Moritz. Ja wohl. Ihr lieber Mann läßt tausendmal um Entschuldigung bitten, daß er auf ein paar Stunden dem Hause fern bleiben muß.

Wanda. Wie?

(Caroline hat den Brief gelesen und steckt ihn weg.)

Moritz. Als Ihr Mann an der Gartenthür war, ging gerade der Doktor Pfeiffer vorüber, der verwickelte ihn in ein Geschäftsgespräch und nahm ihn gleich mit — und Sie wissen, der Doktor ist ein langweiliger Peter.

(Kleine Pause.)

Wanda (erregt). Mit wem ist mein Mann fortgegangen?

Moritz. Nun, mit dem Doktor Pfeiffer.

Pfeiffer (vortretend). Dann muß ich doppelt sein.

Moritz. Alle Wetter!

Meta. \
Caroline. } Das gönn' ich ihm! \
Wanda. } Der Lügner! \
         Herr Doktor — —

(Kleine Pause der Verlegenheit.)

Pfeiffer. Wissen Sie was, Frau Schütze, ich will meine Papiere lieber mitnehmen und morgen wiederkommen. (Zu Moritz, heiter.) Herr Pendel, wenn Sie meinen Doppelgänger sehen, dann grüßen Sie den langweiligen Peter von mir. Empfehle mich allerseits. (Links ab.)

Moritz (nachdem Pfeiffer ab ist). Ich komme mir vor, wie ein be=
gossener Pudel.

(Von jetzt an sehr lebhaft.)

Wanda. Jetzt, mein Herr, werden Sie mir sagen, wo ist mein
Mann?

Meta. Und mir werden Sie sagen, wer Ihre Fee ist.

Caroline. Und mir werden Sie sagen, was dieser Brief zu be=
deuten hat. (Zeigt ihn.)

Moritz (erschrocken für sich). Himmel, der Brief!

Die drei Damen. Nun?

Moritz (für sich). Ich darf nichts sagen — ich könnte Bollwitz
in die Klemme bringen.

Wanda. Sie scheinen die Sprache verloren zu haben.

Moritz (sucht sich verwirrt herauszureden). Ihr Mann? Das weiß
ich nicht, wo der ist. Die Fee? Es giebt gar keine Feen, das ist Aber=
glaube. Der Brief? Den habe ich gar nicht geschrieben.

Caroline. Aber er ist an Sie geschrieben worden.

Moritz. Na also — das ist doch nicht meine Schuld.

Meta. Das sind leere Ausflüchte.

Wanda. } Erklären Sie auf der Stelle —
Caroline. } Ich will endlich wissen —

Moritz (verzweifelt). Aber meine Damen — so lassen wir doch
die ganze Geschichte bis morgen — da sind wir Alle beisammen, da
wird sich Alles aufklären. (Sieht plötzlich gen Himmel.) Nanu? Ich
glaube, es fängt an zu regnen — und ich hab' keinen Hut.

Meta (setzt ihm den Hut auf). Da ist Ihr Hut.

Moritz (vergnügt). Mein Hut? Danke bestens. Empfehle mich,
meine Damen! (Läuft rechts hinten ab).

Wanda. Was ist das?

Meta. Er läuft fort?

Caroline. Der Mensch ist ja das personifizirte böse Gewissen.

Wanda. Soviel ist gewiß, wir sind verrathen, betrogen. O
Arthur. (Weint.)

Meta. O, Du treuloser Moritz, warum hast Du mir das
gethan. (Weint.)

Caroline. Also hatte Euer Vater doch recht, als er von diesen
beiden Männern nichts wissen wollte. Seht Ihr, was für einen klugen
Vater Ihr habt?

Wanda. Aber ich lasse mich von meinem Mann scheiden.

Meta. Ich auch. Nein, ich heirathe ihn gar nicht erst.

(Beide weinen.)

Caroline. Nun, beruhigt Euch nur; vielleicht ist die Sache nicht
so schlimm als wir denken. (Sieht in den Brief.) Wenn ich nur erst
wüßte, was ich aus diesem Brief machen soll. (Plötzlich von einem Ge=

banken erfaßt.) Kinder, was fällt mir ein. Das wird doch nicht etwa ein Spitzbubenstreich sein? Am Ende sollen Arthur und Moritz nur irgendwo hineingelockt werden. Es passiren so viel solcher Geschichten jetzt.

Meta. Ach Du lieber Gott! Vielleicht sind sie ganz unschuldig.

Wanda. Ach nein, ich weiß ja Alles von dem Mann, der vorhin hier war. Arthur hat eine Geliebte, eben die Braut jenes Mannes, der mir Alles erzählt hat.

Caroline (schlägt die Hände zusammen). Ach Du lieber Himmel, das ist ja eine ganz neue Geschichte. Was ist denn das für ein Mann?

Wanda. Ich weiß nicht, wie er heißt; aber da kommt er selbst.

Caroline. Na, den laß' mich 'mal in's Verhör nehmen.

11. Auftritt.

Vorige. Tinecke (von rechts).

Tinecke (eilig). Madame, die Droschke wartet. Ah, Sie sind nicht allein?

Wanda. Meine Mutter — meine Schwester. Sie können ungenirt reden.

Caroline. Also Sie, mein Herr, haben meiner Tochter erzählt, daß ihr Mann ihr treulos sei?

Tinecke. Ja, Madame, in diesem Augenblicke trinkt der Elende mit meiner Braut vermuthlich Kaffee und ißt Windbeutel mit Schlagsahne.

Caroline. Aber wer sind Sie denn eigentlich, mein Herr?

Tinecke. Ich bin der Friseur Tinecke.

Caroline. Und Sie haben wirklich meinen Schwiegersohn mit Ihrer Braut beisammen gesehen?

Tinecke. Allerdings. Ich habe den alten Bösewicht selbst unter dem Tische hervorgezogen.

Wanda. Alt? Erlauben Sie, mein Mann ist jung.

Caroline. Trägt einen Vollbart.

Tinecke. Nein, den hat er jetzt abrasirt.

Wanda. Mama, das ist ein Irrthum!

Caroline. Stille doch. Wann haben Sie ihn denn zuletzt gesehen?

Tinecke. Heute Mittag um ein Uhr.

Wanda. Da war er ja hier, bei uns — Sie sind im Irrthum.

Tinecke. Durchaus nicht. Arthur Schütze heißt er. Meine Braut, Fräulein Minna Werner, kennt ihn.

Meta (halblaut). Mama, Minna Werner heißt ja unser neues Mädchen.

Caroline. Das wird immer besser. Sagen Sie 'mal, Herr, wo haben Sie denn das Pärchen überrascht?

Tinecke. In der Friedrichstraße bei Rentier Vollwitz.

Alle drei Damen (stoßen einen Schrei aus). Ach!

Tinecke. Was ist denn?

Caroline. Nichts, nichts. — Bester Herr Tinecke, was haben Sie denn da noch Alles gesehen?

Tinecke (zornig). O, es ging hoch her — so und so viel Couverts, sie erwarteten noch mehr Gesellschaft; aber er — dieser Arthur, saß unter dem Tisch.

Caroline (aufschreiend). Kinder, es ist richtig, bei uns haust eine Räuberbande.

Meta und Wanda. Eine Räuberbande?

Tinecke. Bei Ihnen?

Caroline. Ich selbst bin ja Frau Vollwitz, deren Wohnung in diesem Augenblick ausgeraubt wird.

Tinecke. Erlauben Sie, meine Braut ist ein ehrliches Mädchen.

Caroline. Eine Gans ist sie, die sich von diesem Räuber, der sich für meinen Schwiegersohn ausgiebt, hat täuschen lassen.

Tinecke. Minna in den Händen eines Räuberhauptmanns?

Meta. Der hat gewiß auch den Brief an Moritz geschrieben.

Wanda. Und meinen Arthur fortgelockt.

Caroline. Auf der Stelle müssen wir nach Hause.

Tinecke. Ich hole Polizei, Schutzleute!

Caroline. Ja, mein Herr. — Machen Sie Anzeige auf der Polizei, lassen Sie das Haus umstellen. Kein Mensch darf es lebendig verlassen. Wir folgen Ihnen sogleich.

Tinecke. Bedienen Sie sich meiner Droschke. Ich laufe zu Fuß, um schneller hinzukommen. (Exaltirt.) Minna, Minna! ich befreie Dich! (Eilt rechts ab.)

Meta und Wanda (gehen händeringend umher). Schrecklich! Ent-setzlich!

Caroline. Unser Haus eine Räuberhöhle! So hatte Euer Vater doch recht, als er heut Morgen sagte, wenn wir Alle fort wären, würde es in unserem Hause d'runter und d'rüber gehen.

Meta und Wanda (dringend). Ja. Aber fort jetzt, fort!

Caroline. Kinder, Ihr habt einen Mustervater!

(Alle Drei in höchster Erregung wenden sich zum Gehen.)

(Der Vorhang fällt.)

———————

Dritter Akt.

(Zimmer bei Bollwitz, wie im ersten Akt. Der gedeckte Tisch noch in der Mitte, aber ohne Speisen. Drei leere Weinflaschen stehen auf dem Tisch.)

1. Auftritt.

Minna. Bollwitz. Bertha. (Sitzen vergnügt, gefüllte Gläser in der Hand, am Tisch.)

Bollwitz (leicht berauscht, fidel). Juchhe! Tralala! Minna und Bertha sollen leben! Hoch!

Bertha. Unser Freund Arthur soll leben! Hoch!

Alle Drei. Hoch! Hoch! (Sie trinken aus.)

Minna (aufstehend). Nun ist's aber genug, und ich denke, wir heben endlich die Tafel auf.

Bollwitz. Oho, noch ein Fläschchen!

Bertha. Nichts da. Allzuviel ist ungesund. Auch sind Sie ja wieder recht lustig geworden, Herr Arthur, und haben sich von Ihrem Schreck über den eifersüchtigen Tinecke vollständig erholt. (Steht auf.)

Bollwitz (der ebenfalls aufgestanden ist). Schreck? Oho, ich war gar nicht erschrocken, und wenn mir der Bursche noch einmal in den Weg kommt — dann setze ich ihn auf meinen Zeigefinger und schnelle ihn gen Himmel, daß er seine Gebeine in den Wolken zusammen suchen soll. (Macht eine heldenhafte Attitüde.)

Bertha (lacht).

Minna (empfindlich). O bitte, Herr Arthur, Sie sprechen von meinem Bräutigam.

Bollwitz. Ach was, Bräutigam! (Mit poetischem Schwung.) Der kühne Jäger schießt jede Rose, die ihm am Wege blüht! (Singt.) „Göttin der Liebe, Dir soll mein Lied ertönen!" (Will Minna umarmen.)

Minna (zurücktretend). O bitte, Herr Arthur, Operette haben wir hier nicht

Bollwitz. Operette? Hahaha! Das ist ja Tannhäuser. Ich bin Tannhäuser. Hahaha!

Bertha. Aber, Herr Arthur, Sie sind ja seit heut Morgen förmlich verwildert.

Bollwitz (verblüfft). Verwildert?

Bertha. Heut Morgen kamen Sie mir so ehrbar und tugendhaft, so gar nicht „verschmitzt und frivol" vor.

Bollwitz. Verschmitzt und — (Legt den Finger auf den Mund.) Pst!

Bertha (bricht in Lachen aus). Hahaha!

Minna (neugierig). Was habt Ihr denn?

Bertha. O gar nichts. Herr Arthur ist so lustig.

Bollwitz. Ja, so lustig! Hahaha! (Setzt sich rechts.)

Bertha. Aber schnell, Minna, wir wollen aufräumen.

(Sie setzen den Tisch in den Hintergrund, nehmen Flaschen und Stühle fort u. s. w.)

Bollwitz (für sich). Ich komme mir eigentlich etwas duselig vor. Aber ein paar nette Mädchen sind's doch, und wenn ich erst Stadt=verordneter bin, werde ich eine neue städtische Gesinde=Ordnung aus=arbeiten. Solche niedliche Erscheinungen unter dem weiblichen Gesinde müssen zarter behandelt werden. Paragraph eins: Die Madams werden abgeschafft.

Minna (heiter vorkommend). Munter, Freund Arthur, munter! Denken wir an unsern Maskenball.

Bollwitz. Richtig, der Maskenball! (Steht auf.)

Minna. Tinecke kommt nicht; aber ihm zur Strafe gehen wir doch hin.

Bertha. Wir haben ja unsern Ritter.

Bollwitz. Das bin ich, hahaha!

Bertha. Sie wollten mir einen Anzug besorgen, lieber Herr Arthur.

Bollwitz. Versteht sich — Blumenmädchen.

Minna. Aehnlich dem meinigen. Ich gehe auch als Blumen=mädchen.

Bertha. Ich habe Ihnen den Laden ja beschrieben. Dort hängt ein Costüm fix und fertig.

Bollwitz (für sich). Das kostet Geld. Schauderhaft.

Minna. Vergessen Sie nur nicht weiße Atlasschuhe — die habe ich auch.

Bertha. Und viel Blumen.

Minna. Mir können Sie auch noch einige Blumen mitbringen.

Bollwitz. Jawohl! Weiße Schuhe und viel Blumen. Ihr werdet sehr niedlich aussehen.

Minna. Das hoffen wir. Aber beeilen Sie sich, lieber Arthur.

Bertha (bringt ihm seinen Hut). Hier ist Ihr Hut.

Minna. Aber welche Maske werden Sie wählen?

Bollwitz. Ich soll auch Maske sein?

Bertha. Da Tinecke nicht kommt, könnten Sie dort den Papageno anziehen.

Minna. Nicht doch.

Bollwitz. Nein, das paßt mir nicht.

Bertha. Ja, welche Maske wäre denn für Sie recht passend?

Bollwitz. Ich hab's — ich werde einen indischen Priester machen.

Minna. Den weisen Sarastro. Hahaha!

Bertha. Oder den heiligen Fitzliputzli. Hahaha!

Bollwitz (stimmt ein, alle Drei lachen). Hahaha!

Minna. Aber nun schnell fort.

Bertha. Es ist die höchste Zeit!

Bollwitz. Ich gehe ja schon. Herrje, heut wollen wir 'mal recht vergnügt sein. Ich fühle mich um zwanzig — ich wollte sagen, um drei Jahre jünger. (Setzt sich den Hut verwegen auf.) Ich bin ein Bonvivant! Adieu, Ihr lieblichen Amoretten! Ein halbes Stündchen und Euer Arthur ist wieder da. (Singt.) „Göttin der Liebe, Dir soll mein Lied ertönen!" (Mitte ab.)

Bertha (lachend). Nein, solch' ein alter Springinsfeld!

Minna. Erlaube, liebe Bertha, Du bist undankbar. Jung und schön ist Arthur Schütze zwar nicht; aber er hat doch ein ganz einnehmendes Wesen.

Bertha. Na nu, Du wirst Dich doch nicht verlieben?

Minna. O pfui, Bertha. Ich bleibe meinem Tinecke treu. — Aber interessant ist dieser Arthur doch, schon darum, weil wir nicht wissen, von wannen er kommt.

Bertha (verbeißt das Lachen). Von wannen er kommt?

Minna. Er scheint von guter Familie; auch muß er reich sein.

Bertha. Freilich. Er thut weiter nichts als Coupons abschneiden.

Minna. Was sagst Du? Du kennst ihn also?

Bertha. Genau kenne ich ihn erst seit heute. Ich bin nur neugierig, was seine Frau zu der Geschichte sagen wird.

Minna. Seine Frau? Er ist also verheirathet? Und Du kennst seine Frau?

Bertha. Natürlich, und Du kennst sie auch.

Minna. Ich?

Bertha. Gewiß, Du stehst ja in ihrem Dienst.

Minna. Was? Frau Bollwitz wäre —

Bertha. Arthur's Frau; denn dieser Arthur ist Herr Bollwitz selber, der unter dem Namen seines Schwiegersohnes Arthur Schütze Dir den Hof gemacht hat.

Minna (sinkt in einen Stuhl). Entsetzlich!

Bertha (mit steigendem Zorn und großer Zungenfertigkeit). Ja, entsetzlich sind diese Männer und diese Dienstherren insbesondere. Und das will uns Sittenzeugnisse ausstellen und die Dienstbücher vollschmieren? Aber die Stunde der Rache wird kommen. Im Reichstage muß der Fall verhandelt werden. O, könnte ich dort auf der Tribüne stehen und donnern: Seht her, seht diese verliebten Dienstherren, sie sind der wahrhafte Krebsschaden unserer socialen Zustände. Sammelt Euch um mich, Ihr dienenden Jungfrauen Europa's, all' Ihr Haus=, Stuben=, Kammer=, Küchen=, Wasch= und Plättmädchen und ruft mit mir diesen Nußknackern zu: Nun aber 'raus!

Minna. Hör' auf, Bertha. Jedes Deiner Worte ist eine Mar=seillaise.

Bertha. Ja, ich dürste nach Rache. Aber heut' auf dem Masken=balle — sechs Flaschen Sect soll er zahlen, und fünf Beefsteaks essen wir jede auf seine Kosten.

Minna. Und Du glaubst, ich würde heute auf den Maskenball gehen? Nein, Bertha, ich würde der Madame nicht wieder unter die Augen treten können. Augenblicklich verlasse ich dieses Haus.

Bertha. Warum nicht gar! Du bleibst, gehst mit auf den Ball — Du würdest sonst meinen ganzen Plan verderben. In wenigen Minuten müssen sie hier sein.

Minna. Wer?

Bertha. Der wirkliche Arthur Schütze und Herr Pendel, der Geliebte von Bollwitzens Tochter. Ich habe sie herberufen, sie sollen Alles erfahren.

Minna. Aber, Bertha, was willst Du thun? Wenn Frau Boll=witz erfährt —

Bertha. Die braucht von der Geschichte nichts zu wissen. Aber diesen Bollwitz wollen wir klein kriegen. Aus dem Haustyrannen soll ein sanftes Lamm werden; mit seinem Schwiegersohn soll er sich ver=söhnen, seine Tochter soll er verheirathen, Dich soll er aussteuern, mich soll er aussteuern, und ein Dienstzeugniß soll er mir in mein Buch schreiben, daß meine künftigen Madams mir vor lauter Hochachtung gleich die gute Stube einräumen.

Minna. O, Bertha, Du begeisterst mich — wie schön, Menschen glücklich zu machen — und eine gute Aussteuer bekommen.

Bertha. Horch, das ist August. Ich kenne ihn am militärischen Schritt. (Eilt zur Thür.)

2. Auftritt.

Vorige. August.

August. Rapportire, liebe Bertha, daß Alles besorgt ist. Wurde noch ein wenig aufgehalten; habe aber gesehen, daß die Herren soeben kommen.

Bertha. So will ich ihnen entgegen und ihnen gleich Alles er=zählen. (Ab.)

August. Aber, Bertha, höre doch —

Minna. Sagen Sie doch, Herr August, wer kommt denn?

August. Na erstens der Herr — der — (besinnt sich) na, dessen Namen ich vergessen habe, und dann der Herr Jäger.

Minna. Was für ein Herr Jäger?

August. Na, das ist der, der immer schießt. — Aber ich muß fort, ich habe noch Dienst. Wollten Sie wohl gütigst der Bertha sagen, daß ich erst spät wiederkomme; aber ich lasse meine Kammer offen, wenn sie mir vielleicht etwas Eßbares reinlegen — ich wollte sagen, wenn sie etwas von mir bedarf. Adieu, Fräulein Lieschen! (Salutirt, ab.)

Minna. O, welch' ein Ereigniß wird sich da entwickeln? Und in diesem Momente, treuloser Tinecke, verläßest Du mich!

3. Auftritt.

Minna. Bertha. Arthur. Moritz.

Bertha (noch hinter der Scene). So! Hängen Sie die Hüte nur an den Ständer.

(Sie treten ein, die Herren ohne Hüte.)

Arthur. Nun, das ist eine schöne Geschichte. Meinen Namen mißbraucht also mein Herr Schwiegerpapa, um seine tollen Streiche un= gestraft zu vollbringen. (Erblickt Minna.) Ah, das ist wohl —

Bertha. Meine Freundin Minna, die das unglückliche Opfer des Bollwitz'schen Verrathes werden sollte.

Minna. Meine Herren, ich bin schuldlos an diesem Affront.

Arthur. Glauben wir Ihnen, Fräulein. Aber der Scandal ist ungeheuer — die ganze Familie ist mit blamirt.

Minna. Ich sagte es; die Presse wird sich des Falles bemächtigen. Wir kommen unter das Lokale.

Moritz. Nun hört 'mal auf mit dem Gejammere. Ich finde die Sache einfach komisch, und schlage vor, wir machen die Sache noch komischer, indem wir Papa Bollwitz jetzt noch tiefer in die Tinte setzen.

Bertha. Bravo, Herr Pendel, so denke ich auch. Und was können wir Alles erreichen — Minna muß eine Aussteuer bekommen.

Minna. Und Bertha natürlich auch.

Moritz (lachend). Herrlich, ich sehe, daß ich vortreffliche Bundes= genossinnen haben werde, und in meinem Hirn kristallisirt sich bereits der ganze Kriegsplan. Also, lieber Arthur, sei kein Spielverderber.

Arthur. Ich gehe auf Alles ein; unter der Bedingung, daß über Alles, was hier vorgeht, die tiefste Verschwiegenheit bewahrt wird.

Moritz. Das versteht sich von selber.

Bertha. Wir plappern nicht.

Minna. Geheimniß bis in's Jenseits!

Arthur. Also Dein Plan?

Moritz. Vor allen Dingen muß Papa Bollwitz für uns Alle Herr
Arthur Schütze bleiben. Und wenn er auch sein Incognito aufgiebt,
wenn er schwört, er sei Bollwitz — wir behaupten, er sei Arthur Schütze.

Arthur. Und wer bin ich?

Moritz. Wirst Du gleich hören. Sobald wir nun Papa Bollwitz
gehörig in die Klemme gebracht haben, und er kaum selber noch weiß,
wer er ist, dann —

Bertha (hat durch's Fenster geblickt). Da kommt Herr Bollwitz.

Moritz. Alle Wetter! Wohin jetzt?

Bertha (nach rechts deutend). Dort in's Zimmer; es hat noch
einen Ausgang, und man kann von da durch's ganze Haus gelangen.

Moritz. Also vorwärts! Kommt, kommt!

Arthur. Wenn ich nur erst Motive sähe!

Bertha. Die Geschichte wird lustig.

Minna. Ich bin ganz perplex!

(Alle vier rechts ab.)

4. Auftritt.

Bollwitz. (Dann) Minna.

Bollwitz (tritt mit einem großen Packet, den Hut in die Stirne ge-
drückt, tiefsinnig auf. Er legt das Packet auf den Tisch, nimmt den Hut ab
und trocknet sich die Stirn). Die Sache wackelt! — Ich gleiche dem
Tannhäuser im Berge. Oft hab' ich mir im Stillen gewünscht, Tannhäuser zu sein — aber jetzt möcht' ich wieder 'raus aus dem Berg. —
Die zwei Tassen Mocca, die ich eben getrunken habe, haben die Zauber-
dünste verscheucht. Die beiden Mädchen müssen aus dem Hause, heute
noch. Bertha muß es vermitteln, ich werde sie königlich belohnen.
Oder soll ich der Minna die ganze Wahrheit entdecken? Sie wird dann
von selber gehen und hoffentlich schweigen. So sei es. (Entschlossen.)
Jetzt bin ich Herkules — nämlich am Scheideweg. Hier der breite
Weg der Sünde, dort der schmale Pfad der Tugend. (Edel.) Ich
wandle den schmalen Pfad — meine Alte würde mich doch darauf
hindrängeln. (Versinkt in Nachdenken.)

Minna (von rechts). Ah, da sind Sie ja wieder, lieber Arthur.
Und das ist wohl das Costüm für Bertha? O, wie freue ich mich auf
den Maskenball.

Bollwitz. Ja, liebe Minna, wir gehen auf den Maskenball.
(Für sich.) Heute muß ich noch den breiten Pfad wandeln. (Laut.)
Aber ich habe mir's überlegt, Minna, — Sie dürfen in dieses Haus
hier nicht zurückkehren.

Minna. Das ist auch meine Ansicht. Ich habe von diesem Herrn Bollwitz schreckliche Dinge gehört. Nicht nur, daß er ein häßlicher, brummiger Haustyrann sein soll, er soll auch ein heimlicher Don Juan und Mädchenjäger sein.

Bollwitz. Oho, wer hat das gesagt? (Da Minna schweigt.) Gewiß die Bertha. Glauben Sie ihr kein Wort, liebe Minna, diese Bertha ist ein Lügenmaul. — Bollwitz soll ein ausgezeichneter Mann von vorzüglichen Eigenschaften und angenehmem Aeußern sein. — Doch gleichviel, ich werde Ihnen eine andere Stelle verschaffen.

Minna (kokettirend). Eine andere Stelle? O, Arthur, ich ahne, was Sie darunter verstehen, und vielleicht erfüllen sich Ihre Wünsche. Meine Hand ist wieder frei.

Bollwitz (sieht sie verdutzt an). Wie?

Minna. Während Ihrer Abwesenheit war mein Bräutigam Tinecke hier.

Bollwitz (erschrocken). Was?

Minna. Erschrecken Sie nicht. Er ist fort und kommt nicht wieder. Er hat mich auf ewig verlassen — um Ihretwillen, Arthur.

Bollwitz. So?

Minna. Ich bin also frei, und kann einen andern Bund für's Leben schließen.

Bollwitz (ängstlich). Für's Le — le — leben?

Minna. O, ich habe mir Alles gemerkt, was Sie mir in stürmischer Leidenschaft neulich bei Kroll zuflüsterten. Sie wollten mich vom Himmel reißen, mir in die Hölle folgen. O, Arthur, nicht Himmel, nicht Hölle trennt uns mehr — ich kann Ihnen zum Altare folgen.

Bollwitz. Ach Du grundgütiger Himmel!

Minna. Was haben Sie, lieber Arthur?

Bollwitz. Jetzt muß ich den schmalen Pfad der Tugend wandeln. Vernehmen Sie denn, Fräulein Minna — es wird Ihnen das Herz brechen — aber (entschlossen) ich bin verheirathet.

Minna (sehr ruhig, lächelnd). Verheirathet?

Bollwitz. Ja noch mehr. Ich heiße gar nicht Arthur Schütze. Ich bin Bollwitz! Bollwitz, der Herr dieses Hauses. (Erleichtert.) So, nun ist's heraus.

Minna (laut lachend). Das ist köstlich! Hahaha!

Bollwitz. Sie lachen?

Minna. Natürlich, weil Sie so hübsche Witze machen, lieber Arthur.

Bollwitz. Ich heiße nicht Arthur. Ich bin Bollwitz.

Minna. Das glaube ich nicht.

Bollwitz. Ich schwöre es.

Minna. Ich lache mich todt!

Bollwitz. Das ist zum Verzweifeln! Ah, da kommt die Bertha.

5. Auftritt.

Vorige. Bertha (durch die Mitte).

Bollwitz (eilt auf Bertha zu). Bertha, kommen Sie 'mal her. Ich habe dem Fräulein Minna entdeckt, wer ich bin. Sie sollen es mir bezeugen. Sagen Sie die volle Wahrheit.

Bertha. Wie? Ich soll —

Minna. Denke Dir, er sagt, er sei der Herr Bollwitz!

Bollwitz. Freilich bin ich Bollwitz. Bertha, bezeugen Sie es. Wer bin ich?

Bertha (ruhig). Sie? Sie sind Herr Arthur Schütze.

Bollwitz (starrt sie an). Was?

Minna. Hahaha, nun ist er geschlagen. — Aber sieh' nur, Bertha, da liegt Dein Costüm zum Maskenball; und es wird wohl Zeit, uns anzukleiden.

Bertha. O, das ist herrlich. Wir kleiden uns oben auf meiner Kammer an, Minna. Tausend Dank, lieber Herr Arthur.

Bollwitz (der bisher ganz verdutzt war, zornig). Himmeldonnerwetter! Jetzt habe ich's satt! Ich habe keine Lust, hier den Narren zu spielen, und wer mich noch ein einziges Mal Arthur nennt — —

Bertha (ruhig aber energisch). Nein, nun habe ich's aber satt. Wie können Sie behaupten, daß Sie Herr Bollwitz sind, den ich doch seit Jahren genau kenne? Auf der Stelle werde ich an Frau Bollwitz telegraphiren, daß sie herkommt und recognoscirt, ob Sie ihr Mann sind.

Bollwitz (tonlos). Aber Bertha —

Bertha. Hören Sie, Herr Arthur? Wenn Sie noch einmal behaupten, daß Sie Herr Bollwitz sind, dann ruf' ich die Madame herbei — und dann kommt die Wahrheit an den Tag.

Bollwitz (stöhnt). Oh!

Minna (von der anderen Seite schmeichelnd zu Bollwitz). Nun, mein Freund, sagen Sie aufrichtig, wer sind Sie?

Bollwitz (kläglich). Ich bin der Arthur.

Minna. Also doch!

Bertha. Nun ist er wieder vernünftig!

Bollwitz (für sich). Mein Traum! Die Drehrolle!

Bertha. Uebrigens sprecht leiser — der wirkliche Herr Bollwitz ist eben nach Hause gekommen. Er ist da drinnen. (Zeigt nach rechts.)

Bollwitz. Wer ist da drin?

Bertha. Nur keine Angst! Der kommt nicht 'raus — den kenne ich. Jetzt liegt der Faulpelz vier Stunden auf dem Sopha, raucht seine Pfeife und stiert die Stubendecke an; und wenn seine Frau sagt, er solle was thun, dann sagt er: „ich denke nach!"

Bollwitz (ballt die Fäuste, für sich). Oh!

Minna (hat das Packet genommen). Aber komm' doch, wir wollen uns ankleiden.

Bertha. Noch eins; nicht wahr, Herr Arthur, meinen August, den Füsilier, nehmen Sie auch mit auf den Maskenball? Wenn Sie übrigens etwas brauchen, dann rufen Sie nur „August!" dann kommt er. Verstanden, Herr Arthur? (Geht.)

Minna. Auf Wiedersehen, lieber Arthur!

Beide (an der Thür links einen schelmischen Knix machend). Adieu, Herr Arthur! (Beide links ab.)

Bollwitz (läuft wüthend umher, schlägt auf die Tische und stößt Stühle auf den Fußboden). Zu viel! Zu viel! Ich werde noch verrückt vor Wuth! Diese Frauenzimmer! Sie halten mich im eignen Hause zum Narren! Und ich darf nicht 'mal was sagen. Aus der Haut möchte ich fahren! Ha! (Wirft sich in's Sofa.) Was beginne ich nur? Wie rette ich mich? (Springt auf.) Ich hab's! Ich reiße aus! Ich reise fort! Es soll mir dann Einer beweisen, daß ich überhaupt hier gewesen bin. Was die beiden Frauenzimmer sagen, gilt nicht. Ich leugne es mit kolossalster Frechheit! (Droht nach links.) Fahrt hin, Ihr Nattern, Ihr Ungeheuer! Ich nehme Reißaus! (Eilt nach rechts, findet aber die Thür verschlossen.) Was ist das? Verschlossen? Und drinnen höre ich gehen? Sagte nicht die Bertha, der richtige Bollwitz sei da drinnen? Ich kann doch keinen Doppelgänger haben? Mir wird gruselig! Unsinn! (Er klopft stark an die Thür.)

6. Auftritt.

Bollwitz. Arthur.

Arthur (noch von innen, grob.) Donnerwetter, wer ist denn da?

Bollwitz (prallt zurück). Ha!

Arthur (in Bollwitzens Schlafrock, seiner Hausmütze, und aus seiner Pfeife rauchend, tritt von rechts auf). Na, wer stört mich denn da? Wünschen Sie zu mir? Ich bin Bollwitz.

Bollwitz (starrt ihn an). Mein Schwiegersohn!

Arthur. Was sehe ich? Sie sind es, lieber Herr Arthur Schütze, mein Schwiegersohn?

Bollwitz. Was?

Arthur. Sie kommen wohl endlich, sich mit mir auszusöhnen?

Bollwitz (giftig, für sich). Das ist mein Schlafrock.

Arthur. Na, ich hab' mir schon längst gesagt: Bollwitz, Du bist ein alter Esel, daß Du mit solchem Kapital=Schwiegersohn in Feind=schaft lebst.

Bollwitz. Meine Mütze — meine Pfeife!

Arthur. Also, Alles vergeben und vergessen. Arthur, komm' an mein Herz! (Breitet die Arme aus.)

Bollwitz. Herr! Zum Teufel gehen Sie! Mit welchem Rechte kommen Sie in mein Haus, in meinen Schlafrock?

Arthur. Ihr Haus? Ihr Schlafrock? Bei Ihnen rappelt's wohl, Herr Arthur Schütze?

Bollwitz. Na warten Sie, ich werde Ihnen gleich zeigen, daß ich Bollwitz bin und Herr im Hause. Wo steckt denn der Füsilier? (Läuft zur Mittelthür.) August! August! Kommen Sie 'mal runter!

Arthur (für sich). Aha, ich soll expedirt werden.

7. Auftritt.

Vorige. **Moritz** (durch die Mitte).

Moritz (in Füsilier=Uniform, militärisch grüßend). Sie befehlen, Herr Arthur Schütze?

Bollwitz (starrt ihn an). Mich trifft der Schlag — das ist ja Pendel!

Moritz. Meine Braut, die Bertha, hat mir gesagt, ich solle Ihnen zu Diensten stehen. Also?

Bollwitz (starrt Einen nach dem Anderen an). Sie wissen Alles — ich bin verloren! (Sinkt in einen Stuhl, den ihm Arthur schnell hinsetzt.) (Arthur und Moritz nehmen ebenfalls Stühle und setzen sich neben ihn, so daß Bollwitz in der Mitte sitzt. — Kleine Pause, während welcher Bollwitz ängstlich abwechselnd Beide anblickt, während sie ihn Beide stumm und vergnügt anlächeln.)

Arthur. Ja, ja, das kommt davon!

Moritz. So geht's in der Welt!

Arthur. Na, Schwiegerpapa, Sie haben ja nette Streiche gemacht.

Moritz. Haben einen falschen Namen angenommen —

Arthur. Dem Tinecke seine Braut abspenstig gemacht —

Moritz. Bei Kroll mit einer jungen Dame soupirt —

Arthur. Hier mit zwei jungen Damen dinirt —

Moritz. Und wollen heute noch auf den Maskenball!

Arthur. Aber Schwiegerpapa!

Moritz. Aber Papa Bollwitz!

Bollwitz. Donnerwetter, ich verbitte mir — (Springt auf.)

Beide (ihn wieder auf den Stuhl drückend). Ruhe!

Arthur. Und was wird das Alles für Folgen haben?

Moritz. Die beiden Mädchen werden Alles ausplaudern.

Arthur. Ihre Frau wird sich scheiden lassen.

Moritz. Ihre Töchter werden sich todtgrämen.

Arthur. Mit Tinecke müssen Sie sich schießen.

Moritz. Oder er lyncht Sie!

Arthur. Schrecklich!

Moritz. Entsetzlich!

Bollwitz (jämmerlich). Schauderhaft!

(Kleine Pause.)

Arthur. Aber nein; sind wir nicht da, um den guten Schwieger=
papa zu retten?

Moritz. Sind wir nicht gekommen, um ihm aus der Klemme
herauszuhelfen?

Bollwitz. Wie?

Arthur. Und obendrein soll der gute Schwiegerpapa die Freuden
des Maskenballes genießen.

Moritz. Wir gehen nämlich mit ihm auf den Maskenball.

Bollwitz. Aber wie verstehe ich?

Arthur. Die Sache ist freilich verwickelt!

Moritz. Aber sie läßt sich entwickeln.

Bollwitz. Ach ja, wickelt mich 'raus.

Arthur. Nur vier Personen wissen um Ihr Geheimniß, Schwieger=
papa — die beiden Mädchen und wir Beide. Ich führe nun die Minna
auf den Ball —

Moritz. Und ich die Bertha —

Arthur. Sie gehen zur Aufsicht mit —

Moritz. Als Tugendwächter.

Arthur. Nun können die Mädchen nicht plaudern; denn sie haben
jede einen Schatz.

Moritz. Wir schweigen aus Liebe zu Ihnen, Papa Bollwitz.

Arthur. Käme die Geschichte dennoch heraus, dann fiele höchstens
auf uns Beide die Schuld.

Moritz. Sie waren ja quasi nur als Gouvernante da.

Arthur. Sie schlüpfen glücklich durch —

Moritz. Und werden Ihrer Fürsorge wegen noch obendrein belobt.

Arthur. Nun, Schwiegerpapa?

Bollwitz (erheitert). Hört einmal, die Idee ist nicht schlecht —
Aber wenn meine Frau — —

Arthur. Die erfährt ja nichts davon. Und dann, darf sich denn
ein anständiger Mann nicht seine Erholung suchen?

Moritz. Arbeiten wir nicht für die Frauen? Sorgen und plagen
wir uns nicht für sie?

Bollwitz. Richtig. Aber sie gönnen uns kein Vergnügen.

Arthur. Bald soll man nicht rauchen —

Moritz. Bald kein Bier trinken —

Bollwitz. Und dann plagen sie uns mit Eifersucht.

Arthur. Will man also ein Vergnügen haben, so muß man
sich's heimlich machen.

Moritz. Schon aus zarter Rücksicht für die Frauen —

Bollwitz. Damit sie sich nicht beängstigen — weil wir so gut sind.

Arthur und Moritz. So gut.

(Sie sehen sich alle Drei an, dann fängt zuerst Bollwitz, dann die andern Beiden zu lachen an. Alle Drei lachen laut, dann springt Bollwitz auf und breitet die Arme aus.)

Bollwitz. Jungens, Ihr seid ein paar Prachtkerls! An mein Herz!

Arthur und Moritz (ihn umarmend). Schwiegerpapa!

Bollwitz. Und nun geht's auf den Maskenball — die Mädchen kleiden sich schon an.

Arthur. Aber wo kriegen wir Masken her?

Moritz. Die bekommen wir dort im Lokal.

Bollwitz. Ich hab' meine Maske schon — dem Tinecke seinen Papageno, (holt das Packet hervor) den ziehe ich an.

Arthur und Moritz. Bravo!

Bollwitz. Kinder, das ist merkwürdig, bis vorhin hatte ich so was wie Gewissensbisse; aber seit ich Complicen habe, bin ich wie hart gesotten.

Arthur (lachend). Ja, wenn mehrere sind, vertheilt sich das Ge= wissen.

Moritz. Jeder hat ein Bischen davon und merkt's nicht.

Bollwitz. Das ist eigentlich eine hübsche Einrichtung. Aber jetzt schlüpfe ich in meinen Papageno. Ich gehe durch mein Zimmer, die kleine Treppe hinunter in die Kammer — da kann mich Niemand stören. — Jungens, besorgt unterdessen zwei Droschken, eine für Euch, und eine für die Damen und mich. — Hurrah! Maskenball! Papa= geno! Strohwittwer! Schöne Mädchen! Sect! Kater! Das wird ein Gaudium. Tralala! (Eilt rechts ab.)

(Die Bühne wird langsam dunkel.)

Moritz. Haha, er ist rein des Teufels!

Arthur. Nun, man muß Nachsicht haben, er ist ein alter ge= drückter Ehemann. Aber Moritz, wir sollten das eigentlich nicht mit= machen; ich bin erst seit Kurzem verheirathet — Du bist gar noch Bräutigam.

Moritz. Unsinn. Haben wir nicht gute Absichten? Du wolltest Dich mit Bollwitz aussöhnen, ich will mir seine Tochter erobern. Der Zweck heiligt die Mittel.

Arthur. Wir wollen aber den Alten vor allen Extravaganzen behüten. Ich gehe der Minna nicht von der Seite.

Moritz. Ich nehme mich der Bertha an.

Arthur. In die eine Droschke setzen wir uns mit den Damen. —

Moritz. In die andere packen wir den Alten.

Arthur. Moritz, ich habe Gewissensbisse. Wenn uns, so nahe am Ziele, die Nemesis ereilte. — Horch, da rauscht was an der Thüre.

Moritz (lachend). Am Ende die Nemesis.

Arthur. Mach' keine Witze. Vielleicht Spitzbuben. Laß uns lauschen. (Sie treten neben den Kleiderschrank im Hintergrund.)

8. Auftritt.

Vorige. Tinecke.

Tinecke (mit einer kleinen Blendlaterne, schleicht vorsichtig durch die Mittelthür). Alles offen — das ist verdächtig. Am Ende sind die Räuber schon entwischt. Nun, die Schutzleute werden gleich da sein. Mir ließ die Sorge um Minna keine Ruhe — ha, wenn sie hier wo als Leiche läge. (Er will umherleuchten, wird aber in demselben Augenblick von Arthur und Moritz gefaßt.)

Arthur und Moritz. Halt, Spitzbube!

Tinecke. Ha, die Räuberbande. (Sinkt in die Kniee.)

Arthur. Gestehe, Halunke, was willst Du hier?

Tinecke. Aber, meine Herren, ich bin ja kein Verräther — ich bin ja einer von Ihrer Sorte.

Moritz. Was?

Tinecke. Der Hauptmann hat mich gesendet.

Arthur. Kerl, wie heißt Dein Hauptmann?

Tinecke. Na, Sie wissen's ja — der große Räuberhauptmann Arthur Schütze.

Moritz. Was?

Arthur. Der Kerl ist wohl verrückt?

Tinecke (für sich). Ich muß sie nur aufzuhalten suchen. (Laut.) Haben Sie denn schon den eisernen Geldschrank ausgeraubt? da soll viel brin liegen. Wir wollen ihn 'mal aufsuchen, liebe Collegen.

Arthur (schüttelt ihn). Na warte, Du Bandit, ich will Dich —

Tinecke (will sich losmachen, schreit). Hilfe! Hilfe!

Alle Drei. Hilfe! Hilfe!

9. Auftritt.

Vorige. Erster und zweiter Schutzmann.
(Die Mittelthür öffnet sich, rasch treten die beiden Schutzleute mit Laternen ein. Die Bühne wird halb hell.)

Erster Schutzmann. Holla! Was geht hier vor?

Tinecke. } Endlich!

Arthur. } Was ist das?

Moritz. } Schutzleute?

Erster Schutzmann. In Namen des Gesetzes! Keiner rühre sich! (Er giebt dem zweiten Schutzmann einen Wink, worauf dieser nach links abgeht, einige Augenblicke weg bleibt, dann wieder über die Bühne nach rechts abgeht.)

Erster Schutzmann (nachdem er die Laterne hingestellt). Lassen Sie den Mann los!

Moritz. Herr Schutzmann, das ist ein Spitzbube, den wir ge= fangen haben.

Erster Schutzmann. Loslassen!

(Arthur und Moritz lassen Tinecke los.)

Erster Schutzmann. Wie so ein Spitzbube?

Arthur. Er hat uns aufgefordert, den Geldschrank auszuräumen.

Erster Schutzmann. So? (Zu Tinecke.) Dann sind Sie arretirt.

Tinecke. Aber ich habe Sie doch erst —

Erster Schutzmann. Mund halten! (Zu Moritz.) Wer sind Sie?

Moritz. Ich heiße Moritz Pendel.

Erster Schutzmann. Welche Compagnie?

Moritz (verwundert). Ich habe garnicht gedient.

Erster Schutzmann. So? Und tragen Uniform?

Moritz (sieht sich erschrocken an). Alle Wetter.

Erster Schutzmann. Sie sind arretirt.

Moritz (für sich). Herrje, die Nemesis!

Erster Schutzmann (zu Arthur). Wer sind Sie?

Arthur. Der Baumeister Arthur Schütze.

Tinecke (erstaunt). Was?

Erster Schutzmann. Was machen Sie hier?

Arthur. Einen Besuch.

Erster Schutzmann. Im Schlafrock?

Arthur. Der Schlafrock gehört nicht mir.

Erster Schutzmann. So? Dann sind Sie arretirt. (Zum zweiten Schutzmann, der eben von rechts aufgetreten ist.) Nun?

Zweiter Schutzmann. Alles in Ordnung. (Oeffnet den Kleider= schrank, wirft einen Blick hinein und macht ihn wieder zu; aber so, daß die Thür ein wenig offen bleibt.)

Erster Schutzmann (ohne sich dadurch unterbrechen zu lassen). Und nun vorwärts, alle drei!

Tinecke. } Aber bester Herr Schutzmann!

Moritz. } So hören Sie doch nur!

Erster Schutzmann. Vorwärts marsch!

Arthur (im Abgehen). Aber da fehlt ja jede Motivirung.

Erster Schutzmann. Auf dem Molkenmarkt wird's Ihnen schon motivirt werden. (Alle schnell ab.)

(Die Bühne wird dunkel. Man hört die Thüre von außen verschließen.)

10. Auftritt.

Minna, Bertha (sehr hübsch und kleidsam als Blumenmädchen, von links hereinhüpfend. Sie tragen brennende Lichte, die sie jederseits auf einen Tisch stellen). (Die Bühne wird ganz hell.)

Beide (im Hereinspringen). Da sind wir!
Minna. Aber die Herren sind fort.
Bertha. Sie bestellen gewiß die Droschke.
Minna. Nun laß Dich aber ansehen. Ah, ganz reizend!
Bertha. Und Du erst! zu niedlich!
(Sie drehen sich herum, sich gegenseitig zu bewundern.)
Minna. Wir werden gewiß Eroberungen machen. Schade doch, daß Tinecke mich nicht sieht.
Bertha. Und mich mein August.
Minna. Aber wo steckt denn Bollwitz? Am Ende ist's den beiden Herren nicht gelungen, ihn zum Balle zu überreden. Das wäre eine schöne Geschichte.
Bollwitz (singt hinter der Scene rechts).
        Der Vogelfänger bin ich ja,
        Stets lustig, heisa hopsasa!
Bertha. Da kommt er ja.

11. Auftritt.

Vorige. Bollwitz.

Bollwitz (als Vogelfänger Papageno maskirt, ohne Vogelbauer; die Gesichtslarve hat er am Gürtel hängen. Er hüpft fröhlich herein und singt ununterbrochen weiter).
        Der Vogelfänger ist bekannt
        Bei Alt und Jung im ganzen Land.
        (Macht eine Attitüde.)
Die beiden Mädchen (in die Hände klatschend). Bravo! Wundervoll! Allerliebst!
Bollwitz. Nun kann's losgehn. Wo sind die beiden Herren?
Minna. Sie werden die Droschke holen.
Bollwitz. Dann vorwärts, Ihr holden Blumenmädchen!
Minna. Wir wollen nur die Mäntel nehmen.
Bertha. Und Sie den Paletot!
Bollwitz. Einen Augenblick! (Er reicht jeder Dame eine Hand, und singt, während die Damen lächelnd kokettiren:)

Ein Mädchen oder Weibchen
Wünscht Papageno sich!
Ach, so ein sanftes Täubchen
Wär' Seligkeit für mich.
(Heftiges Klingeln an der Mittelthür.)
Alle Drei (erschrocken). Was ist das?
Caroline (vor der Mittelthür, stark). Bertha! Minna! Wo stecken
denn die Mädchen!
Minna. ⎱ Frau Bollwitz!
Bertha. ⎰ Die Madame!
Bollwitz. Meine Frau! (Alle Drei stehen erstarrt.)
Hausdiener (vor der Thür). Warten Sie, Frau Bollwitz, ich
will leuchten und aufschließen. Es ist was passirt!
(Man hört Geräusch an der Thür.)
Bollwitz (plötzlich auffahrend). Lichter aus! Rette sich, wer kann!
Die Mädchen. Fort, fort, um's Himmelswillen!
(Die Mädchen löschen die Lichter aus. Die Bühne wird dunkel. Dann laufen
alle Drei einen Augenblick rathlos durcheinander. Dann entschlüpft Minna rechts,
Bertha links in's Zimmer. Bollwitz zuletzt springt in den Kleiderschrank. Alles
sehr schnell und mit Humor. Dazu hört man das Schloß der Mittelthür öffnen.)

12. Auftritt.

Caroline. Wanda. Meta. (Später) die Vorigen.

Caroline (mit einem brennenden Lichte in der Hand). Also doch
wahr! Ein Einbruch in unsre Wohnung.
Wanda. Aber die Diebe sind gefangen.
Meta (sich umsehend). Und hier ist Alles in Ordnung.
Caroline (hat das Licht auf den Tisch gestellt). Aber wo die Mädchen
nur stecken? Haben sie sich in der Angst verborgen? Sucht doch!
Wanda ⎱ (an die Thür links gehend). Bertha! Ist Niemand da?
Meta ⎰ (an der Thür rechts). Minna! Bertha! Minna!
(Minna und Bertha treten verschämt aus den Thüren.)
Wanda (erstaunt). Was ist denn das?
Meta (ebenso.) Mama, sieh' doch nur!
Caroline (sieht die Mädchen erstaunt an). Ja, träume ich denn?
Minna! Bertha! Was bedeutet das? Wie seht Ihr denn aus?
Minna. Ach, Verzeihung, Madame —
Bertha. Wir wollten ein Bischen auf den Maskenball.
Caroline (empört). Auf den Maskenball? Während hier im
Hause eingebrochen wird?
Minna. Eingebrochen? Hier?

4

Bertha. Davon wissen wir nichts.

Caroline. Ein paar nette Mädchen! O wenn mein guter Mann das wüßte.

Bertha und Minna (wollen sich entschuldigen). Madame —

Caroline. Kein Wort mehr! (Sie nimmt Hut und Umhang ab. Zu Bertha.) Oeffne den Schrank! (Zu Minna.) Leuchte! (Minna nimmt den Leuchter und geht nach hinten, Bertha öffnet langsam den Kleiderschrank.)

Caroline (mit ihren Sachen langsam zum Schrank gehend). Morgen sprechen wir weiter, und wenn mein Mann nach Hause kommt, soll er Gericht über Euch halten. Er soll — —

(In diesem Augenblick wird der Schrank geöffnet. Bollwitz — die Larve vor dem Gesicht — springt heraus und bleibt einen Augenblick stehen.)

Bertha und Minna (stoßen einen Schrei aus). Ha!

Wanda und Meta (erstaunt). Was ist das?

Caroline (schreit). Ein Papageno!

(Jetzt läßt Minna den Leuchter fallen. Die Bühne wird dunkel. Bollwitz fährt verwirrt ein paar Mal umher, stürzt dann rechts ab.)

Caroline, Wanda, Meta. Hilfe! Hilfe!

(Der Vorhang fällt.)

Vierter Akt.

(Dasselbe Zimmer. Es ist Tag.)

1. Auftritt.

Bertha. (Dann) Minna (in einfachen Hauskleidern).

Bertha (schleicht vorsichtig durch die Mittelthür, sieht sich spähend um, schleicht dann an die Thür rechts und horcht). Er scheint noch zu schlafen — oder er stellt sich so an. Na, wenn die ganze Geschichte nachher zur Erklärung kommt, das wird ein schönes Donnerwetter geben.

Minna (durch die Mitte, leise). Du, Bertha!

Bertha. Nun?

Minna. Die Madame und die Töchter sind auf. Ich habe ihnen eben den Kaffee gebracht; aber sie haben mich keines Blickes gewürdigt. Wie steht's denn mit dem Herrn?

Bertha. Ich weiß nicht. Gestern Abend hat er sich ganz gut aus der Geschichte herausgezogen. Als er hier aus dem Schranke als Papageno herausgesprungen war, lief er hinunter in die Kammer und kleidete sich um. Dann polterte er die Treppe herauf und that, als wenn er eben von der Reise zurückgekommen wäre. Die Madame über ihn her, um ihm die Schauergeschichten zu erzählen; er aber heuchelte Migräne — und Fieber und kroch schleunigst in's Bette.

Minna. Aber da kann er doch nicht ewig bleiben!

Bertha. Nein, die Madame wird ihn schon 'raus holen.

Minna. Das wird einen Heiden-Skandal geben. Ich mache, daß ich aus dem Hause komme — wenn ich nur erst Tinecke gesprochen hätte.

Bertha. Nein, Minna, so ohne Weiteres dürfen wir nicht fort. Wir haben doch eigentlich den Alten in die Tinte hineingebracht, wir müssen ihm auch wieder 'raus helfen. Er selbst ist viel zu dumm dazu. Gott, was sollte so ein armer Herr ohne uns Mädchen machen!

Minna. Allerdings, wir sind seine natürlichen Beschützerinnen; indeß — —

Bertha. Und dann — fein ausgesteuert müssen wir werden.

Minna. Freilich, ohne Tantième geht's nicht.

Bertha. Also, Minna, wir halten fest zusammen; wir wissen von nichts, was hier vorgegangen ist. Und wenn die Madame noch so sehr prustet — wir bleiben dickfellig.

Minna (pathetisch). Dickfellig bis in den Tod!

Bertha (die Arme ausbreitend). Minna!

Minna. Bertha! (Umarmung.)

2. Auftritt.

Caroline (von links). Vorige.

Caroline. Nun?
(Die Mädchen fahren erschrocken auseinander.)

Caroline. Was macht Ihr denn da?

Bertha (traurig). Ach, Madame, wir wollten eben anfangen zu weinen, weil Sie so böse auf uns sind.

Caroline. Laßt die Redensarten. Ist mein Mann schon auf? —

Bertha. Die Thür ist noch verschlossen.

Caroline. Sobald er erwacht ist, wird er Gericht über Euch halten, und dann wird sich das Weitere finden. — Doch frage ich Euch jetzt noch einmal, Ihr wißt also nichts von dem Einbruche, der gestern Abend hier stattfinden sollte?

Bertha. Nein, Madame. Wir waren da gerade auf unserer Kammer oben.

4*

Minna. Und haben uns zur selbigen Zeit in unser Costüm geworfen.

Caroline. Und die Anwesenheit von Herren in unserer Wohnung leugnet ihr? Ihr wolltet allein auf den Ball gehen?

Bertha. Ganz allein. Nur unter uns.

Minna (legt den Kopf auf die Seite und lächelt Caroline an). Es war ein Mädchengeheimniß.

Caroline. Und nun die Hauptsache. Von dem Papageno wollt Ihr auch nichts wissen?

Bertha. Von welchem Papageno?

Caroline (ungeduldig). Stellt Euch doch nicht dumm. Ich meine den Mann in den Vogelfedern, der aus dem Schranke sprang.

Bertha.. Ach, das nennt man Papageno? Aber Madame, Sie können doch nicht von uns armen Mädchen verlangen, daß wir französisch verstehen.

Minna. Etwas Clavier spiele ich allenfalls.

Caroline. Also Ihr wißt nichts von dem Papageno?

Bertha (den Finger an die Stirn legend und vor sich hinstarrend). Aber auch gar nichts!

Minna (kopfschüttelnd zur Decke sehend). Ich bin ahnungslos.

Caroline. Nun gut. (Herrisch.) Hinaus!

Minna (zusammenschreckend). Ach!

Caroline. Was ist?

Minna (sanft). Ach, ich bin so nervös.

Caroline. Unsinn.

Bertha (nimmt Minna's Hand, weinerlich). Komm, arme Minna. (Sie gehen beide Hand in Hand langsam und mit tief gesenkten Köpfen ab.)

Caroline (sieht ihnen nach). Wenn ich nur wüßte, ob das Verstellung ist. — Aber wo bleibt denn mein Mann? Sein biedrer Charakter wird Alles enthüllen. (Geht zur Thür rechts.) Bollwitz! — Bollwitz, bist Du noch nicht auf? — Bist Du krank, lieber Bollwitz? —— Wenn Du nicht antwortest, muß ich die Thür aufsprengen lassen. —

Bollwitz (hinter der Thür). Ich komme gleich, mein Herzchen!

Caroline. Endlich. — (Geht vor.) Ich weiß gar nicht, es kommt mir aber Alles so merkwürdig vor.

3. Auftritt.

Caroline. Bollwitz.

Bollwitz (im Oberrock, von rechts. Aeußerst liebenswürdig). Da bin ich, mein Engel. Jetzt erst heiße ich Dich von Herzen willkommen.

Wie geht Dir's denn, mein Schatz? Ich hätte Dir gerne eine Zucker=
düte mitgebracht; aber es war schon zu spät, und eine Nacht=Conditorei
betritt niemals mein Fuß. Wie geht's denn der Meta? Warum hüpft
sie nicht herein? Ach, es ist doch nirgends so hübsch als zu Hause.

Caroline. Mein lieber Mann! Aber setze Dich. Ich habe Dir
schreckliche Dinge mitzutheilen. (Sie setzen sich.)

Bollwitz. So, so. Na sprich, was drückt Dich denn? Brauchst
Du vielleicht ein neues Hütchen oder Kleidchen?

Caroline. Ich muß damit anfangen, lieber Mann, Dir ein Be=
kenntniß zu machen, worüber Du sehr ungehalten sein wirst. Nicht bei
der Tante in Brandenburg waren wir zum Besuch, sondern bei unsrer
Tochter Wanda.

Bollwitz (sehr freundlich). Nu sieh' 'mal. Na, das ist hübsch,
das ist recht.

Caroline. Wie? Du zürnst nicht?

Bollwitz. I bewahre. Warum sollt Ihr Frauenzimmerchen nicht
auch Eure kleinen Geheimnisse haben? Sprich weiter, Schäfchen!

Caroline. Da wurden wir also gestern Nachmittag mit der Nach=
richt überrascht, daß bei uns hier eine Räuberbande einbrechen wolle.

Bollwitz (wirklich erstaunt). Was sagst Du?

Caroline. Wir requirirten sogleich Polizei, eilten dann selbst
hierher, und als wir kamen, waren die Spitzbuben schon verhaftet.

Bollwitz. Was? Davon habe ich ja gar nichts bemerkt?

Caroline. Wie sollst Du denn das bemerken? Du warst ja
verreist.

Bollwitz. Richtig, ich war verreist. Nein, was man doch auf
Reisen Alles erlebt.

Caroline. Der Hausdiener sagt, zwei oder drei Spitzbuben hätten
die Schutzleute abgefaßt, und der eine davon hätte sogar Deinen Schlaf=
rock angehabt.

Bollwitz. Meinen Schlafrock? (Für sich.) Alle Wetter, mein
Schwiegersohn.

Caroline. Du wirst nachher jedenfalls auf die Polizei gerufen
werden.

Bollwitz (für sich). Das fehlte noch! (Trocknet die Stirn.)

Caroline. Aber hast Du denn Deinen Schlafrock gar nicht vermißt?

Bollwitz. Natürlich. Ich dachte mir aber gleich: Den hat
gewiß so ein armer Kerl gestohlen, der ein Bischen frostig ist. — Weißt
Du, Linchen, wir wollen ihm den Schlafrock lassen.

Caroline (erstaunt). Aber, Bollwitz, ich verstehe Dich gar nicht.

Bollwitz. Macht ja nichts, mein Schatz; sprich nur weiter!

Caroline. Wir untersuchten gleich die Wohnung, und fanden
alles Uebrige auch in Ordnung. Plötzlich aber — —

Bollwitz. Nun?

Caroline. Treten uns unsre Mädchen entgegen, die Bertha und die Minna. Aber wie? Im Maskenkostüm als Schäferinnen oder dergleichen, in kurzen Röcken — was sagst Du, Bollwitz?

Bollwitz (vergißt sich). Ja, sie sahen ganz niedlich aus.

Caroline (starrt ihn an). Was?

Bollwitz (sehr verlegen). Ich meine, sie werden sich Mühe gegeben haben, niedlich auszusehen. Denn sieh' 'mal — die armen guten Mädchen wollen doch auch 'mal ein Vergnügen haben.

Caroline. Aber Bollwitz, Du bist ja heute von einer merkwürdigen Güte. Vielleicht findest Du auch das schön, was jetzt kommt.

Bollwitz. Nein, das werde ich niederträchtig finden.

Caroline. Denke Dir, wie ich meinen Hut dort in den Schrank hängen will, wer springt mir entgegen? Ein Papageno.

Bollwitz (sieht sie groß an). Papageno? Kenne ich nicht.

Caroline (ärgerlich). Was? Du willst wohl auch kein französisch verstehen? Ein Papageno, sage ich, der Vogelfänger aus der Zauberflöte.

Bollwitz. Ach, der? Hatte er denn ein Vogelbauer auf dem Rücken?

Caroline. Nein.

Bollwitz. Na, also. Wenn er kein Vogelbauer hatte, war's doch nicht der Papageno. Und wenn er doch eins auf dem Rücken gehabt hätte, dann hätte er im Schrank keinen Platz gehabt — folglich wirst Du wohl geträumt haben.

Caroline (springt auf). Nun hab' ich genug. Hörst Du denn nicht? Ein Mann war's, eine Maske, ein Papageno. Wir haben ihn Alle gesehen — da sprang er heraus, da stand er. Aber die dumme Minna ließ den Leuchter fallen — es wurde finster und das benutzte der Mensch und entwischte.

Bollwitz. Das war aber ein Pfiffikus.

Caroline. Als wir wieder Licht hatten, suchten wir ihn — vergebens. Einige Minuten später kamst Du die Treppe herauf.

Bollwitz (schnell). Ja, ich kam von der Reise zurück, voll Sehnsucht nach Euch. Ich war so glücklich und vergnügt, als ich in's Haus trat.

Caroline. Vergnügt? Du knurrtest uns ja an wie ein Bär und gingst sogleich zu Bette.

Bollwitz. Nun ja, gerade auf der Treppe hatte ich die dumme Migräne bekommen. Aber jetzt hab' ich sie verschlafen, jetzt bin ich fidel und munter und — — jetzt wollen wir von all' den dummen Geschichten, die hier passirt sind, nicht mehr reden.

Caroline. Nicht mehr reden? O, jetzt kommt erst noch das Allerschrecklichste.

Bollwitz (für sich). Herr Gott, nimmt denn das kein Ende!

Caroline (zieht einen Brief hervor). Da sieh' 'mal den Brief.

Den hat die Wanda gestern gefunden, er ist an Pendel gerichtet, den unsre Meta liebt.

Bollwitz (starrt in den Brief). „Sehnsüchtig wartet Ihre Fee." Wer ist diese Fee?

Caroline. Nun, irgend ein Frauenzimmer. Sie ladet den Pendel und Deinen Schwiegersohn Schütze zu einer Zusammenkunft ein.

Bollwitz (für sich). Himmel, der Brief ist von der Bertha.

Caroline. Erst glaubten wir, die beiden Männer sollten in eine Falle gelockt werden — aber als wir hier dann Alles untersuchten, da — o Schrecken — entdeckten wir draußen am Kleiderständer — aber nein, das sollen Dir unsere Töchter selbst erzählen. (Gilt links zur Thür.)

Bollwitz (für sich, mit dem Briefe beschäftigt). Kein Zweifel! Die Bertha hat mir die ganze Suppe eingebrockt. O diese Kröte!

Caroline (an der Thür). Kommt, meine Töchter! Da ist der Vater.

4. Auftritt.

Vorige. Wanda. Meta (kommen beide von links, schluchzend und das Taschentuch vor den Augen. Jede trägt einen Herrenhut in der Hand).

Bollwitz. Nann? Was bedeutet denn das nun wieder?

Caroline. Da, sieh' her, unsre Töchter! Sie sind die Opfer männlicher Treulosigkeit.

Wanda und Meta (fallen zugleich, jede von einer Seite, Bollwitz um den Hals, laut weinend). Papa! lieber Papa!

Bollwitz. Aber ich verstehe gar nicht — was ist denn los?

Wanda. Da, Papa, sieh' einmal diesen Hut.

Meta. Und dann sieh' 'mal diesen Hut.

Bollwitz. Nun?

Wanda. Der Hut gehört meinem Manne.

Meta. Und dieser gehört Moritz.

Bollwitz (unsicher). Aha!

Caroline. Und weißt Du, wo wir diese Hüte gefunden haben? Draußen auf dem Flur an unserm Kleiderständer.

Bollwitz (erschrocken). Nicht möglich.

Caroline. Es ist kein Zweifel, die beiden Herren sind gestern Abend hier gewesen.

Wanda. Als sie uns kommen hörten, haben sie die Flucht ergriffen.

Meta. Damit wir nicht hinter ihre Streiche kämen.

Caroline. Aber wir können uns Alles denken.

Wanda. Mit den beiden Mädchen haben sie auf den Ball gehen wollen —

Meta. Und vermuthlich maskirt.

Caroline. Einer von beiden war der Papageno.

Wanda. O Gott, wenn mein Mann der Papageno war!

Meta. Oder wenn Moritz der Papageno war! Oh, oh! (Beide Damen brechen in lautes Weinen aus.)

Bollwitz (für sich). Ich werde noch verrückt!

Caroline. Aber Wanda hat sogleich an ihren Mann geschrieben, und Meta an Pendel. Sie haben die beiden Bösewichter hierherbestellt; Du sollst sie verhören, welcher der Papageno war.

Bollwitz (verzweifelnd). Das wird hübsch werden.

Caroline. Und über die beiden Mädchen wirst Du Gericht halten.

Bollwitz (für sich). Ach du lieber Gott!

Meta. Niemals werde ich Moritz heirathen.

Wanda. Ich lasse mich von meinem Manne scheiden.

Caroline. Recht so, meine Töchter; wenn mir das passirte, wenn mein Mann mit zwei Mädchen auf den Maskenball gehen wollte, und noch dazu als Papageno — die Augen kratzte ich ihm aus.

Bollwitz (für sich, die Augen fest zukneifend). Barmherziger Himmel!

Meta. Aber der Papa sagt ja gar nichts.

Wanda Er bleibt ganz stumm bei unserm Schmerz.

Caroline. Das bemerke ich auch. So thue doch endlich den Mund auf.

Alle Drei. So rede doch!

Bollwitz (springt wüthend in die Höhe). Himmelkreuzdonnerwetter! Jetzt hab' ich genug!

Die drei Damen (erschrocken zurückfahrend). Ach!

Bollwitz (in scheinbarer Wuth, mit den Armen herumfechtend). Das ist ja niederträchtig, himmelschreiend! In meinem Hause ein solcher Cravall! Maskirte Dienstmädchen! Leichtsinnige Schwiegersöhne! Endlich gar ein Papageno? Wer war dieser Lümmel von Papageno?!

Caroline. Jetzt bist Du in der richtigen Stimmung. Meine Töchter, Ihr werdet gerächt werden.

Bollwitz. Ja, furchtbares Gericht will ich halten! (Besinnt sich.) Aber Einzelverhör! Keiner soll wissen, was der Andere aussagt, damit keine Verabredung stattfinde. — Ihr geht jetzt auf Euer Zimmer, und kommt nicht eher, bis ich Euch rufe.

Die drei Damen (wollen widersprechen). Aber — —

Bollwitz. Gleiche Gerechtigkeit für Alle. Geht, oder -- (imposant) fürchtet meinen Grimm!

Die drei Damen. Wir gehen ja schon. (Schnell und erschrocken links ab.)

Bollwitz (dreht hinter ihnen den Schlüssel um). So. Die wäre ich los. Aber ich? Ach, ich sterbe, ich bin todt! (Sinkt in's Sopha.)

5. Auftritt.

Arthur. Moritz. Bollwitz.

Arthur (durch die Mitte eintretend). Ach, da ist ja der liebe Schwiegerpapa.

Moritz (ebenso). Guten morgen, Schwiegerpapa!

Bollwitz. Na, die fehlten gerade noch. (Auffspringend.) Still, sprecht leise! Wir werden behorcht. (Deutet nach links.)

(Die Scene wird in gedämpftem Tone gesprochen.)

Arthur. Wissen Sie schon, Schwiegerpapa, daß man uns gestern Abend arretirt hat?

Bollwitz. Ich weiß Alles.

Moritz. Aber es hat sich Alles aufgeklärt, und eben sind wir unter homerischem Gelächter entlassen worden. Wir haben nur unsere Garderobe schnell gewechselt —

Arthur. Ihren Schlafrock habe ich Ihnen bereits gesendet.

Moritz. Wie ist's denn gestern Abend hier noch geworden?

Bollwitz. Einen Krach hat's gegeben — Alles ist verloren!

Moritz und Arthur. Wie?

Bollwitz (nimmt die beiden Hüte und zeigt ihnen dieselben). Un= glücksmenschen! Wie könnt Ihr so unvorsichtig sein, und Eure Hüte draußen an den Ständer hängen.

Arthur. Ja, wie so denn?

Bollwitz. Meine Frau und Töchter sind gestern Abend noch gekommen, haben die Hüte gefunden, und vermuthen jetzt, daß Ihr mit den beiden Mädchen auf den Ball gehen wolltet.

Arthur. Mich trifft der Schlag.

Moritz. Nun sitzen wir in der Klemme.

Bollwitz. Die Frauenzimmer sind wüthend. Am zornigsten aber sind sie auf den Papageno, der dort im Schranke gesteckt hat. — — Sagt einmal, wer von Euch beiden war denn eigentlich der Papageno?

Arthur. Na, das ist stark.

Moritz. Der waren Sie doch jedenfalls selber.

Bollwitz (zweifelhaft). Ich? wirklich ich?

Arthur. Natürlich.

Bollwitz. Na, seht Ihr, zu solch' leichtsinnigen Streichen habt Ihr mich verführt, mich unschuldigen Menschen. An's Messer habt Ihr mich geliefert. Und nun gar diese Bertha, diese Bertha — —

6. Auftritt.

Vorige. Bertha.

Bertha (durch die Mitte, hat die letzten Worte gehört). Na, was ist's mit mir?

Arthur und Moritz (ihr Schweigen gebietend). Pst!

(Die Scene mit gedämpften Stimmen, aber sehr eifrig.)

Bollwitz. Du, Du hast mir die Beiden da auf den Hals gehetzt. Leugnest Du, daß Du diesen Brief geschrieben hast?

(Klopft heftig auf den Brief.)

Bertha. Nein. (Zieht ihr Dienstbuch heraus). Aber leugnen Sie, daß Sie mir Schlechtigkeiten in's Dienstbuch geschrieben haben? (Klopft darauf.)

Arthur. Schwiegerpapa, leugnen Sie, daß Sie meinen Namen gemißbraucht haben?

Bertha. Leugnen Sie, daß Sie der Minna die Cour gemacht haben?

Moritz. Leugnen Sie, daß Sie der Papageno waren?

Bertha. Sie, Sie sind an Allem schuld!

Arthur und Moritz. Sie, Sie ganz alleine!

Bollwitz. Herrje, jetzt sind sie Alle über mich her!

Bertha. Da draußen ist auch Tinecke — der will auch Rechenschaft von Ihnen.

Bollwitz. Was? der verrückte Mensch auch noch? Und da drinnen die wüthenden Frauenzimmer? Seht Ihr zu, wie Ihr mit Allen fertig werdet — ich will von Nichts mehr wissen. Ich lege mich in mein Bett und kriege Zahnschmerzen. (Schnell rechts ab.)

Moritz. Das ist ein guter Einfall — ich heuchle Lungenstechen. (Eilt ihm nach.)

Arthur (trocken). Ich stelle mich blödsinnig. (Den Anderen nach.)

Bertha (sieht ihnen verwundert nach). Nein, was sind das heutzutage für Männer! Der eine hat Baumeister gelernt, der andere hat Chemiker studirt, und der dritte ist sogar bis zum Rentier avancirt — aber keiner weiß sich zu helfen. Es giebt keine Männer mehr! — — Na, da werde ich ganz allein sie alle Drei herauslügen! Darauf soll mir's nicht ankommen. Aber wie?

7. Auftritt.

Bertha. Minna. Tinecke.

Minna (Tinecke hereinziehend). Endlich, Bertha, ist es mir gelungen, diesem eifersüchtigen Ungeheuer die Sachlage klar zu machen, und er ist bereit, uns zu unterstützen.

Bertha. Das ist sehr hübsch von ihm; aber wenn ich nur erst wüßte, wie wir uns herauswickeln sollen. (Stemmt die Arme unter und geht nachdenklich umher.)

Tinecke. O, Minna, welch' eine Nacht habe ich in meinem Kerker verlebt! schwankend in der Ungewißheit, ob Du eine Räuberbraut oder eine Leiche seist.

Minna. Aber es ist doch eine schöne Erinnerung, Tinecke. Kann es etwas Interessanteres geben, als einen Mann, der in des Kerkers Nacht geschmachtet hat?

Bertha (schnell). Jetzt hab' ich's, jetzt wasche ich sie Alle rein. Paß' auf, Minna, und sorge, daß er sich nicht verschnappt. (Läuft zur Thüre, schließt auf und schreit). Madame! Fräulein! Madame! kommen Sie doch geschwind, ganz geschwind!

Tinecke. Was hat sie denn?

8. Auftritt.

Caroline. Wanda. Meta. Vorige.

Caroline.
Wanda. } Was ist? Was giebt es?
Meta.

Bertha. Ach, Madame, ach, liebes Fräulein! Jetzt ist es heraus, wer die Räuber waren, die sie hier gestern abgefangen haben.

Alle drei Damen. Nun?

Bertha. Keine Andern waren es, als der Herr Baumeister Schütze und Herr Pendel.

Wanda. Mein Mann?

Meta. Moritz?

Bertha. Ja, die Beiden. Hören Sie nur zu. (Sehr zungenfertig, aufrichtig.) Das ist nämlich der Herr Tinecke, der Minna ihr Bräutigam, und kaum waren Sie gestern fort, so kommt der Tinecke und will die Minna besuchen, und weil ihn nun die Minna abweist und während

Abwesenheit der Herrschaft keine Besuche annimmt, drückt er sich draußen an der Treppe 'rum, und weil ich ihn doch nicht kannte, halte ich ihn für einen Spitzbuben, der spioniren will; und weil ich nun weiß, daß Herr Bollwitz mit seinem Schwiegersohn böse ist und von Herrn Pendel auch nichts wissen will, · denke ich: Jetzt will ich 'mal den beiden jungen Herren Gelegenheit geben, die ganze Räuberbande zu fangen und Herrn Bollwitz einen Dienst zu leisten; und da schreibe ich gleich an Herrn Pendel, daß er kommen soll und Herrn Schütze mitbringen.

    Meta. Wie? Jener mit Fee unterzeichnete Brief war von Dir?

    Bertha. Freilich. Herr Pendel nannte mich immer „Fee", weil ich ihm Ihre beiderseitigen Liebesbriefe so schön besorgte, Fräulein. Na und da kommen die beiden jungen Herren auch, und wie ich ihnen nun von den Räubern erzählte, machen sie sich recht graulich, der eine zieht dem Herrn seinen Schlafrock an, der andere meinem August seine Uniform als bewaffnete Macht, und da setzen sie sich auf die Lauer. Weil aber nun das Haus so gut bewacht war, denken wir beiden Mädchen: Nun können wir 'n Bischen auf den Maskenball gehen — es war recht leichtsinnig von uns! O Gott, o Gott! (Weint.)

    Caroline. Weiter, nur weiter!

    Bertha. Nun hatte aber der eifersüchtige Tinecke uns belauscht und meinen August, der den Brief besorgen sollte, für'n Nebenbuhler. gehalten; und weil ich gesagt habe: „August, der Brief muß in das Haus von Herrn Arthur Schütze!" hatte er geglaubt, August heiße Arthur Schütze und war nun zu Ihnen hinaus gelaufen und hatte Sie beunruhigt. Ne, wie mir das leid thut, daß Sie so erschreckt worden sind — (weint wieder.)

    Wanda und Meta. Also so ist das?

    Caroline. So komm' doch zu Ende.

    Bertha. Na, nu kommt der Tinecke zurück und krabbelt an der Thür, und da fallen die beiden Herren über ihn her, und der Tinecke fällt über sie her, und da kommen gerade die Schutzleute und fallen über alle Drei her und schleppen sie fort, und für ihren guten Willen, dem Herrn Bollwitz das Eigenthum zu retten, haben sie bis jetzt in des Kerkers Nacht geschmachtet. Sehen Sie, so ist es! (Seufzt tief auf.)

    Wanda und Meta. Ist es möglich?

    Caroline (zu Tinecke). Ist denn das Alles wahr?

    Tinecke. Ja, gnädige Frau — ich habe noch die blauen Flecke.

    Minna. Und so eben hat mein Tinecke das Verließ verlassen.

    Bertha. Und auf der Polizei steht schon Alles in den Akten.

Caroline. O, meine Töchter, dann haben wir ja den beiden Männern großes Unrecht gethan.

Wanda. Mein Arthur ist unschuldig.

Meta. Und mein Moritz auch.

9. Auftritt.

Vorige. Arthur, Moritz (sind schon etwas früher eingetreten).

Arthur (vortretend). Ja, liebe Wanda, das sind wir.

Moritz. Es verhält sich, wie Bertha gesagt.

Wanda. Mein Arthur! ⎫
Meta. Mein Moritz! ⎭ (Umarmung.)

Bertha (für sich). So, die Beiden sind rein gewaschen. (Ab durch die Mitte.)

Caroline. Aber, lieber Schwiegersohn, was sehe ich? Sie kommen aus dem Zimmer meines Mannes?

Arthur. Ja, wir haben ihm Alles erklärt und sind jetzt versöhnt.

Moritz. Und mir hat er Meta's Hand bewilligt.
(Erneute Umarmung der beiden Paare.)

Caroline. Das ist ja ein freudiger Tag. Aber warum kommt mein Mann nicht? Wo bleibt er?

Arthur. Ach, Schwiegermama, er ist krank.

Die drei Damen. Krank?

Moritz. Erschrecken Sie nicht, er hat nur fürchterliche Zahn=schmerzen und kann nicht sprechen.

Caroline. Oh, die werden vorübergehen. (Eilt nach rechts.) Boll=witz, lieber Bollwitz, komm' doch heraus, und freue Dich mit uns!

10. Auftritt.

Vorige. Bollwitz.

Bollwitz (im Schlafrock, den Kopf mehrfach verbunden und mit beiden Händen haltend, tritt ängstlich ein.)

Caroline. Armer Mann, hast Du so große Schmerzen?

Bollwitz (schneidet Gesichter, blickt gen Himmel, zeigt an, daß er furchbar leidet und nicht reden kann und brummt). Hm! hm! hm!

Caroline. Es wird vorübergehen. — Also Du bist mit Deinem Schwiegersohn versöhnt, und segnest Meta's Bund?

Bollwitz (breitet segnend die Hände aus). Hm! hm! hm!

Caroline (erfreut). O Bollwitz, dann ist ja Alles gut.

Bollwitz (nicht freudig). Hm! hm!

Tinecke (der bisher Geberden des Zornes machte, als er Bollwitz erblickt, von Minna aber zurückgehalten wurde, giftig). Na, dann haben Sie wohl auch die Güte, mir zu sagen, wo mein Papageno=Anzug geblieben ist, den ich gestern hier hingelegt habe?

Caroline (starrt ihn an). Ihr Papageno=Anzug?

Bollwitz (erschrickt, und zieht den Schlafrockkragen hoch).

Tinecke. Ich wollte darin zum Maskenball — aber die Räubergeschichte kam dazwischen, und es muß ihn ein Anderer benutzt haben.

Caroline. Richtig, der Papageno! Das müssen wir noch wissen, wer dieser schändliche Papageno war.

Wanda. Mein Mann war's nicht.

Meta. Mein Moritz auch nicht.

Minna. Tinecke war's auch nicht.

Caroline. Aber wer war's denn? Bollwitz, Du mußt es heraus= bekommen. Schaffe mir den Papageno.

Bollwitz (macht verzweiflungsvolle Geberden, sein Nichtwissen betheuernd).

Caroline (starrt ihn an). Bollwitz! Mir ahnen schreckliche Dinge! Bollwitz! Ich frage jetzt zum letzten Male! Wer war der Papageno?

11. Auftritt.

Vorige. Bertha (zieht August herein, der den Papageno=Anzug über dem Arm trägt).

Bertha (laut und voll Triumph). Hier, Madame, ist der Papageno! Mein August war's.

Alle. Der August?

Bertha. Er fand gestern hier dem Tinecke seinen Anzug (zeigt den Anzug und giebt ihn an Tinecke), wollte uns überraschen, zog ihn an, kroch in den Kleiderschrank, und wie die Madame kam, sprang er wieder 'raus. — (Schlau.) Aber es darf's Niemand wissen; denn August hatte keinen Urlaub, und würde als Deserteur behandelt werden. (Für sich.) Nun ist der Alte auch reingewaschen.

Bollwitz (erfreut, kaum seinen Ohren trauend, halb lallend). Also Sie — waren der —

August (in strammer Haltung, vergnügt lachend). Ich war der Pianino.

Bertha (leise). Papageno — Du Esel!

August (zu Bollwitz). Papageno — Du Esel!

Caroline. Nein diese Keckheit ist zu arg! In meinen Kleider=
schrank zu kriechen! Bollwitz, der Mensch muß bestraft werden.

Bollwitz (der seine Kopfbinden abgerissen hat, mit Energie). Nichts
da! Keinen Conflikt mit der Militärbehörde! Ich schütze diesen Mann;
denn von einem braven Soldaten kann man niemals wissen, ob man
dereinst nicht von ihm sagt: (legt seine Hand auf August's Schulter) Der
hat das Vaterland gerettet!!

August (steht stramm und lächelnd.)

(Der Vorhang fält.)

Ende.

Druck von Marschner & Stephan, Berlin SW., Ritterstr. 41.